Giuseppe Miale di Mauro

LA STRADA DEGLI AMERICANI

Buona lettura!

frassinelli

Realizzazione editoriale a cura di Elàstico.

La descrizione a pag. 13 della strada degli americani è tratta dall'articolo nel blog di Tonia Limatola: *Ora sì che è davvero la strada degli americani.*

ISBN 978-88-9342024-2

I Edizione maggio 2017

Anno 2017-2018-2019 - Edizione 1 2 3 4 5 6 7 8 9 10

A Ramona e Anna
che l'hanno vissuta

La circumvallazione esterna di Napoli è una striscia di strada lunga 40 km, parte da Casoria e arriva fino a Lago Patria. I napoletani la chiamano «la strada degli americani». Sono due le ipotesi sui motivi per cui è stata battezzata così:

Ipotesi 1 (meno accreditata): perché conduce alla base Nato di Lago Patria dove ci sono gli americani.

Ipotesi 2 (maggiormente accreditata): perché quella strada è diventata a doppio senso di circolazione solo negli anni Sessanta e prima di essere ampliata era una strada a singola carreggiata costruita nell'immediato dopoguerra dagli americani per collegare la Domitiana con via Nazionale delle Puglie e quindi con il centro di Napoli.

Quello che leggerete è ispirato a una storia vera. È successa a Napoli. Può darsi che cose del genere succedano anche in altri luoghi nel mondo, ma di sicuro a Napoli nel 2013 è successo questo. Per volere di chi l'ha vissuta e me l'ha raccontata ho usato dei nomi fittizi.

Capitolo Uno

Ciro Incoronato e Carmine Scognamiglio

No nun pozzo suppurtà
chi nun riesce a capi'
addo sta'
'o bbuono e 'o malamente.

Almamegretta
(Anima Migrante)

Ciro Incoronato
Circumvallazione esterna. Giugliano
21 giugno 2013. Ore 10.45

«Mannaggia la Madonna!»

Guardo la faccia di mio figlio nel riflesso del finestrino, nasconde la risata colla mano davanti alla bocca.

«Luigi', mi raccomando a papà, non fare lo stronzo che ti metti a ripetere quello che dico io davanti agli altri, hai capito?»

Fa sì colla testa ma non sto a pensiero tranquillo. Il pitbull chiuso nel portabagagli c'ha ancora troppa coca in circolo, da quando siamo partiti non ha smesso di abbaiare un attimo. Vorrei bestemmiare tutti i santi del paradiso, uno per uno, invece stringo la nocca dell'indice in mezzo ai denti fino a far uscire il sangue. Che te lo dico a fare, sono incazzato perché ho perso i soldi che m'ha prestato Centogrammi. Non mi so controllare, è questo il problema, mi dovevo fermare e non l'ho fatto. Ma come si fa sul più bello?

Cazzo, non m'era mai capitato di avere la possibilità di vincere, l'ho visto bello tosto 'sto bastardo, attaccava, mordeva, ha sfiorato il collo dell'altro cane almeno cinque o sei volte, ho pensato: «Questa è la volta buona che scasso il culo a tutti». Lo dovevo togliere al secondo giro, lo so, Centogrammi m'ha pure fatto un segno chiaro per uscire dal gioco ma ho finto di non vederlo.

«Mannaggia Gesù Cristo in croce!»

Gli scappa un'altra risata e non fa in tempo a nascondere la bocca colla mano. Gli hanno sempre fatto ridere le bestemmie ma non ho mai capito perché, che cazzo c'è da ridere? Intanto il pitbull continua ad abbaiare forte, pare un martello pneumatico che mi scava nel cervello. Basta, è arrivato il momento di chiudergli la bocca e so come fare. Premo fino in fondo il pedale dell'acceleratore. Settanta all'ora. Ottanta, novanta, cento, centodieci.

«Luigi', sei pronto?»

Fa sì colla testa e sorride.

«E vai... vai», urlo. Poi spingo il pedale del freno co' tutta la forza che ho. La macchina ci mette un paio di minuti buoni per fermarsi, sulla strada resta il segno di una sgommata lunghissima, puzza di copertone bruciato. A me s'è fermato il cuore per qualche secondo. Prima di frenare ha sbandato a destra e a sinistra 'sta carriola, non riuscivo più a controllarla, però ho ottenuto il risultato che volevo: finalmente il pitbull non abbaia più. Avrà sbattuto la testa contro la lamiera e ora sta tutto rintronato. Sia lodato Gesù Cristo, un poco di silenzio.

Sicuramente il figlio di zoccola vorrebbe rifarlo ma deve imparare che nella vita nessuno regala niente, perciò riparto piano piano. Me lo sto crescendo a mestiere, c'è rimasto male ma un giorno mi ringrazierà. Da piccolo tenevo una paura fottuta dell'acqua, per questo papà mi portò al Granatello di Portici, diede cinquemila lire a un pescatore e andammo a fare un giro colla barca a remi. Al largo mi fece alzare colla scusa di guardare il Vesuvio dal mare e mi spinse in acqua a tradimento, poi cominciò a remare forte e in pochi attimi si allontanò da me. Io dovetti nuotare fino al porto, o nuotavo o morivo annegato. Lui mi avrebbe lasciato in mezzo al mare, garantito. Quando arrivai alla banchina m'aiutò a uscire dall'acqua e mi diede un bacio in fronte.

«Tu non devi avere paura di niente. In questo mondo non c'è posto per chi si caca nelle mutande.»

Lo schifai, solo col tempo ho capito che lo fece per me.

E io, invece, che ho fatto per mio figlio? Cazzo, c'ho di nuovo quel maledetto senso di colpa che mi sta distruggendo. Inserisco un CD nello stereo e premo PLAY. Appena partono le prime note comincio a cantare così mi distraggo. Il pitbull ha smaltito la botta e riprende a fare un bordello esagerato, la tregua è durata giusto qualche minuto. Apro i finestrini per far passare un po' d'aria e accelero. La strada è tutta dritta, l'asfalto caccia un fumo che pare bruciare. È il momento di cercare il posto giusto in cui fermarmi e schiattarmi una bottiglietta in grazia di Dio. Sulla destra vedo un ponte che mi pare perfetto. Decelero. Mi devo fare, non ce la faccio più.

Carmine Scognamiglio
Petrone Porte. Villaricca
21 giugno 2013. Ore 11.05

La vespa mi ha lasciato a piedi. L'ho spinta per almeno due chilometri e sono arrivato in fabbrica talmente sudato che ho dovuto fare la doccia prima di cominciare il turno. Il braccio si è atrofizzato, e 'sto rumore sempre uguale della piallatrice non mi fa lavorare bene. Poi ci si mette pure quella rimbambita di mia madre che nel thermos del pranzo ha messo il purè di patate. Confonde i miei gusti con quelli di mio fratello, a lui piace il purè, a me no, a me piace il gâteau di patate, tutta un'altra storia. Quand'era vivo papà si confondeva pure con lui, solo che mio padre s'incazzava il triplo di quanto facciamo io e mio fratello messi assieme. Ho capito tutto l'amore che c'era tra i miei genitori quando lui se n'è andato, prima non mi spiegavo per quale strano incantesimo quell'uomo e quella donna avessero deciso di passare insieme gran parte della loro vita. Quando l'ho fatto notare a mia madre mi ha guardato come se avessi bestemmiato in chiesa.

«Tuo padre era l'uomo migliore che potessi incontrare.»

Avrei voluto dirle che a giudicare dal loro rapporto si poteva pensare giusto il contrario ma ogni volta che ci ho solo provato, lei è partita con una sceneggiata che Mario Merola è un dilettante al confronto. Ma chi se ne frega, contenti loro. Sono altri i problemi che mi tolgono il sonno, ora non voglio fare l'uccello del malaugurio ma ho la sensazione netta che toccherà a me, e sono agitato. Molto. Moltissimo.

Meglio se vado a fumare.

Freno il giro dei coltelli della piallatrice, sfilo i guanti e tolgo gli occhiali di protezione. Intorno stanno tutti lavorando con la testa bassa sulle macchine, non vola una mosca, evidentemente la politica del terrore ha funzionato: nessuno ha voglia di perdere il posto di lavoro, pure se lo odiano a morte.

«Io vado un attimo in bagno.»

Se dovesse veramente toccare a me sarebbe una tragedia biblica, lavoro in fabbrica da quando mi sono diplomato e non so fare altro. Mi piace questo lavoro, partire da un pezzo di legno grezzo e vederlo diventare qualcosa, mi fa sentire una specie d'artista, pure se alla fine si tratta solo di porte e finestre. Meglio se non ci penso, che solo a farlo mi prende il vuoto nello stomaco.

Nel bagno c'è Migliaccio che si sta sciacquando la faccia, appena mi sente arrivare gira leggermente la testa dalla mia parte, ha gli occhi gonfi e rossi.

«Tutto a posto?»

Fa un cenno della testa che non mi convince, mi sa che non è tutto a posto. Vado a pisciare, ho capito che vuole stare per i fatti suoi. Lo tiro fuori e resto immobile fino a quando mi ricordo che ero venuto per fumare.

È un fatto strano, ma quando penso a mio padre le prime immagini che ho sono quelle del funerale. Me lo ricordo immobile sul letto di casa, col vestito buono e le scarpe di vernice nera, circondato da gente in lacrime. Io ho pianto quando l'hanno messo nella bara. Ho pianto perché ho capito che quella era veramente l'ultima volta che vedevo la sua faccia, che toccavo la sua pelle, che sentivo il suo odore di dopobarba. Mio padre anche in punto di morte ha voluto tener fede alla sua ostinata «cura del personale», come diceva lui, e mi ha scongiurato di fargli la barba quando l'avremmo preparato per il letto di morte; non voleva fare la figura del trasandato agli occhi di parenti e amici che sarebbero andati a dargli l'ultimo saluto. Che personaggio, era un morto elegantissimo. Pure Migliaccio ha pianto per lui, erano vecchi compagni e giocavano a carte nella sede del partito. Me lo ricordo disperato al funerale.

«Carmine, hai una penna?»

È la sua voce. Prendo la penna dal taschino della tuta e gliela passo da sotto la porta senza dire una parola, mi piace rispettare il desiderio di solitudine degli altri, credo sia un dovere. Faccio tre tiri potenti dalla sigaretta, di quelli che ammorbidiscono il filtro e mi gira la testa. Ho un terribile presagio di tragedia, indubbiamente mi sto facendo suggestionare dall'aria che tira in fabbrica. Certo, è triste pensare che dopo anni in cui uno s'è spaccato la schiena, riceva certi «regali» che proprio non meriterebbe. I padroni non guardano in faccia a niente e a nessuno. Maledetti.

«Carmine, ti stanno cercando quelli dell'ufficio del personale.»

Questa, invece, è la voce di Viscardi. Lo sapevo, cazzo. Me lo sentivo.

Chiudo gli occhi e faccio un tiro lunghissimo.

Viscardi sta bussando alle porte dei bagni. Mi chiama. Non rispondo. Faccio l'ultimo tiro e butto la Marlboro nella tazza. Sto per uscire quando lo sento urlare come un maiale prima d'essere scannato. Apro veloce la porta e lo vedo pietrificato davanti a quella di Migliaccio, se ne sta immobile con le mani sulla bocca; la vista del sangue a certe persone le paralizza.

Il povero Migliaccio è seduto a terra tra la porcellana del vaso e l'intonaco del muro, con il braccio destro appoggiato sulla tavoletta. Dal polso il sangue scorre dentro la tazza, si sente il rumore delle gocce che cadono nell'acqua e la porcellana ha perso il suo bianco candore. Gli strappo un lembo della manica della camicia e la stringo intorno al braccio poco sopra il polso tagliato, come ho visto fare nei film centinaia di volte ma non ce n'è realmente bisogno, però fa tanta scena. Gli sussurro di stare tranquillo e stringo forte la sua mano come avrei fatto con mio padre. Nei suoi occhi tristi c'è tutta la disperazione, la vergogna di un uomo avvilito; per fortuna arriva l'ambulanza e lo portano via. A terra di fianco al gabinetto c'è la lettera di licenziamento, la mia penna e un foglio bianco.

Adesso sono seduto su una sedia di plastica fredda fuori l'ufficio del personale, aspetto il mio turno come un condannato a morte. In testa un vortice di pensieri: cosa può scrivere un uomo prima di tentare il suicidio? Non è facile, sai che saranno le ultime parole, quelle con cui decidi di essere ricordato. Migliaccio non le ha trovate e ha lasciato il foglio in bianco, aveva tutta la vita passata a testimoniare per lui, ha preferito farsi ricordare per quello che è stato. Un uomo degno di questa parola.

La segretaria del capo tira fuori giusto la testa tra la porta appena aperta e la cornice, pronuncia il mio cognome con tono freddo, professionale, totalmente disinteressato, eppure avverto un brivido nelle mutande. La segretaria ha un fisico da copertina *Playboy*, lei non lo sa ma spesso è la protagonista dei miei pensieri masturbatori. In fabbrica si dice che se la intende con il padrone... Possibile, io vorrei che se la intendesse con me.

«Mi segua, Scognamiglio.»

Le avrei voluto dire che la seguirei pure in capo al mondo, che per lei farei qualunque follia, ma l'ingresso nello studio del capo mi fa sprofondare in una realtà che allontana tutte le mie fantasie in compagnia della segretaria.

Rino Petrone è spaparanzato dietro la scrivania e parla al telefono. Senza educazione mi fa segno di entrare. Mi siedo con il timore reverenziale che la tuta da lavoro possa impolverare queste eleganti e costose sedie di pelle. Davanti ai miei occhi un fighetto di 35 anni, la faccia gialla di lampade abbronzanti, le sopracciglia sagomate a forma di ala di gabbiano e i capelli fonati. Il mezzo busto lascia vedere una camicia azzurra con le iniziali ricamate a mano, la cravatta di Marinella e un pizzetto da coglione.

«Dammi il tavolo vicino al mare, quello *checazzo* che ti puoi togliere le scarpe e mettere i piedi nell'acqua. Sì, bravo, quello. Fammi trovare due bottiglie di Dom Pérignon in ghiaccio, così, per cominciare. Ah, e mi raccomando, non voglio fare la fila all'ingresso che altrimenti me ne vado. Va bene. Sono nelle tue mani. A stasera. Ciao Cristia'. Sei un grande.»

Attacca il telefono. Non mi guarda nemmeno in faccia mentre scava tra le carte sul tavolo.

«Questo è tuo.»

Mi passa un foglio freddo come la morte.

«La crisi ci costringe a questo tipo di scelte dolorose. Spero che la cifra segnata in fondo sia una liquidazione degna dei tuoi anni di lavoro per noi. Mi dispiace moltissimo.»

Leggo la cifra. Mi alzo dalla sedia e il coglione fa lo stesso. Mi tende la mano con un sorriso di circostanza su quella faccia di cazzo insensibile. Sento lo spostamento d'aria poco prima di un leggero dolore sulle nocche della mano destra.

Ma che ho fatto?

Lui si ritrova con il culo per terra e la schiena appoggiata al muro. Ha un rivolo di sangue che gli scorre dalle narici.

«Mi hai rotto il naso...»

Mi avvicino. Lo sollevo per il collo della camicia e si strappa la stoffa.

Che mi sta succedendo?

Gli stringo le mani in gola. Non ce la fa a respirare.

«Che c'è, ti manca l'aria? Non respiri? Stiamo provando la stessa sensazione, lo sai?»

Ho totalmente perso il controllo delle mie azioni. Intanto ho la faccia di Rino Petrone davanti agli occhi, lo vedo che si sta facendo viola.

«Sei un pezzo di merda, lo sai?»

Lui sibila un sì. Vigliacco. E sento che dal cervello parte preciso l'impulso.

«Questa è per Migliaccio», faccio in tempo a dire prima di farlo.

Ciro Incoronato

Ponte dell'asse mediano. Altezza Giugliano-Parete
21 giugno 2013. Ore 11.25

Mi sono nascosto per bene dietro il pilone del ponte. Da qui riesco a vedere Luigino seduto in macchina e sento pure il pitbull che abbaia. C'ho messo cinque minuti buoni per convincerlo a non seguirmi, quando sono in astinenza non riesco a ragionare, ma stavolta m'è venuta una grande idea: gli ho detto che 'sto posto è pieno di ladri e deve controllare la macchina. C'ha creduto, sia lodato Gesù Cristo.

Cazzo, sotto questo ponte c'è una puzza di latte avariato che fa vomitare. Per forza, nella striscia di campagna che da qui arriva fino a Lago Patria ci sta monnezza di tutti i tipi: copertoni di camion, frigoriferi arrugginiti, telai di motorini scassati, materassi sfondati; ci sta perfino un furgone carbonizzato. È un cesso di posto. In lontananza riesco a vedere almeno tre incendi, in questa zona ce ne sono una cifra, tutti i giorni. La terra dei fuochi, che te lo dico a fare.

Me ne fotto e mi concentro sulla bottiglietta, mi devo fare. Ho tolto il tappo e ho bevuto l'acqua fino a metà dell'etichetta. Mi accendo una sigaretta con un tiro lungo lungo in modo che la capocchia diventa di fuoco, l'avvicino alla bottiglietta e faccio un piccolo buco nella plastica in alto dove non c'è acqua. C'infilo dentro una cannuccia e aspiro per sentire se tira, è una bomba. Sul becco della bottiglietta ci metto un pezzo di carta argentata, poi prendo i cristalli e li appoggio sulla carta argentata. Coll'accendino li brucio fino a quando la bottiglietta si riempie di fumo. Eccola qua, pronta per l'uso.

Faccio un tiro potente attraverso la cannuccia e sento il fumo che mi entra nei polmoni, nella testa, dappertutto. Questa merda mi scassa. Il cuore sbatte forte in petto, pare che vuole uscire attraverso le costole. C'è ancora un po' di fumo nella bottiglietta, allungo la testa e avvicino la bocca alla cannuccia. Faccio un altro tiro potente. Si riempiono i polmoni. Il cuore sbatte sempre più forte. Muoio di caldo. Sono forte, il più forte di tutti. Faccio un giro colla testa e mi affaccio. Mio figlio se ne sta buono buono in macchina, bravo. Il pitbull abbaia. Fa uno sfaccimma di caldo. Mi tolgo la maglietta e mi asciugo il sudore. Sento il freddo della canna della pistola sulla pelle, la sfilo dai pantaloni e la stringo nella mano. Cazzo, mi piglia male come al solito: sento il rumore della lamiera che si contorce e le urla di Luigino. Vedo il sangue sulle loro facce. La voce di Luigino che mi chiede aiuto e non so che fare. Chiudo gli occhi e scuoto la testa. Basta. Non la voglio più sentire la sua voce. Non lo voglio più vedere tutto quel sangue. E il cuore mi scoppia nel petto, sto sudando e mi bruciano gli occhi. Mi muovo d'istinto ed esco da dietro il pilone, punto la pistola e sparo.

Carmine Scognamiglio
Circumvallazione esterna. Rotonda di Villaricca
21 giugno 2013. Ore 11.40

Non avevo mai dato una testata in faccia a qualcuno.

Si sente proprio il rumore delle ossa che si scassano. Lui ha cominciato a gridare, sembrava un mulo azzoppato. Ben gli sta.

Io mi tocco ancora la bocca perché sento dolore, ma che m'è preso? Non ho mai nemmeno sognato di dare una testata a qualcuno, fino a stamattina credevo ci volesse un coraggio che non possedevo e invece quando meno te l'aspetti la vita ti mette di fronte a delle sorprese incredibili. Non sono certo di averla data come si deve, l'ho fatto d'istinto e senza nessuna consapevolezza o tecnica, se mai esiste, e sono preoccupato di aver avuto la peggio. Certo, lui si è fatto male al naso, ma se per caso mi sono rotto un dente divento chiaramente io quello che è andato peggio. Vuoi mettere la parcella di un dentista con quella di un ortopedico?

Però sono proprio soddisfatto di me stesso, se la meritava una lezione quel bastardo senza cuore. Tra l'altro quando sono uscito dalla stanza la segretaria mi ha guardato con un'altra faccia, interessata. Non c'è niente da fare, a quel tipo di donne piacciono gli uomini che sanno il fatto loro.

Questa cazzo di vespa va ancora a tre, il meccanico ha detto che aveva il carburatore sporco e s'è preso la bellezza di venti euro ma ha fatto un lavoro con i piedi. Speriamo non mi lasci di nuovo a piedi, ho già fatto una sudata per portarla in officina.

Supero volontariamente un semaforo rosso per evitare di essere rapinato, è uno dei pericoli di questa strada, lo sanno anche i bambini. Sono dieci anni che la faccio tutti i santi giorni per venire a lavoro, e ho visto di tutto: cumuli d'immondizia, colonne di fumo tossico, il più disperato campo Rom di Napoli, erbacce altissime, prostitute di tutti i colori e di tutte le razze. Morti per incidenti stradali, morti travolti da auto pirata, il pane fresco venduto sul cofano delle macchine, l'odore dei carciofi arrostiti, la puzza delle ossa macellate mischiata a quella delle discariche abusive, il ferro arrugginito, i vivai ambulanti sui marciapiedi, gli alberghi a ore, e il McDonald's, quello non manca mai.

A Casoria imbocco il raccordo dell'autostrada pure se non ci posso andare. La vespa è 125 di cilindrata ma la Piaggio ha pensato bene di non scriverlo da nessuna parte, così quando mi fermano dichiaro convinto che è 150. Già è successo una volta e ci hanno creduto.

Un aereo passa poco sopra la mia testa, si riesce a leggere il nome della compagnia stampato sul lato. Questo è il punto in cui sono più vicini alla città, stanno per atterrare a Capodichino.

Chissà se riuscirò mai a realizzare il mio sogno: andare in Brasile. Mi hanno raccontato che là ci sono le donne con il culo più bello del mondo, alto e sodo che si può fare la posizione a pecorina pure se lei è dritta in piedi. Alto livello. Altissimo. Certo, ora che sono stato licenziato col cazzo che ci vado in Brasile. Meglio così, almeno mi risparmio lo sforzo di convincere Veronica, sai che stress.

In autostrada devo stare attento allo spostamento d'aria delle macchine che mi superano, fa sbandare la vespa e ci vuole un attimo a perdere il controllo. Imbocco la direzione verso il porto, via Marina è un oceano di traffico, ma anche se non lo fosse andrei piano lo stesso; questa strada dovrebbe essere esposta come opera d'arte moderna: un insieme di buche con i sampietrini intorno.

Appena posso m'infilo nella corsia preferenziale, che è asfaltata per bene, e vado dritto fino all'altezza dell'ospedale Loreto Mare. Parcheggio accanto a una fila di motorini e come per magia appare un tizio con la tuta del Barcellona e il fischietto in bocca.

«Amico bello, devi parcheggiare?»

«Guardala bene che è tutto quello che ho.»

«Stai a pensiero tranquillo, amico bello. Qua nessuno tocca niente.»

Gli do un euro e mi avvio al pronto soccorso. Incrocio tre infermieri che litigano per una scommessa persa.

«Scusi, dove posso chiedere informazioni su un paziente che è stato trasportato in questo pronto soccorso?»

«Dentro», e torna a litigare.

Spingo la porta del pronto soccorso e dentro c'è una confusione che andrebbe bene per una svariata quantità di posti nel mondo tranne che per un ospedale. Acchiappo al volo un altro infermiere.

«Scusi, dove posso chiedere informazioni su un paziente che è stato trasportato in questo pronto soccorso?»

«Dovete chiedere a qualcuno che esce da quella porta.»

Mi avvicino a «quella porta» e aspetto che esca qualcuno. Quest'ospedale ha un aspetto terrificante, non verrebbe voglia nemmeno di chiedere un cerotto per coprire un taglietto superficiale, invece ci sono dei medici bravissimi. Posso testimoniare personalmente perché una volta, quand'ero piccolo, mi sono sfregiato una gamba e mi hanno messo la bellezza di undici punti di sutura, mi è rimasto un segno che pare un piccolo graffio, nemmeno si vede.

«Carmine.»

Una guardia giurata si avvicina con il piglio di chi non ha sbagliato persona, sono proprio io il «Carmine» che sta cercando. Si toglie il cappello e lo riconosco: è Gianni, il figlio di Migliaccio.

«Ue' Gianni, stavo proprio cercando di capire dove sta tuo padre.»

«Al terzo piano, reparto neurologia.»

«E come sta?»

«Gli hanno messo tre punti a polso. Vieni, andiamo.»

Lo seguo lungo il corridoio prima di entrare spediti in una stanza. Migliaccio se ne sta disteso su un letto con i polsi fasciati e l'aria un po' intontita, l'avranno sedato. Accanto al letto è seduta la moglie che prega parlando tra i denti. Un mantra senza senso. Incomprensibile. Migliaccio apre gli occhi e mi vede. Gli faccio un bel sorriso sincero, poi mi avvicino e gli confido piano in un orecchio la mia personalissima vendetta in suo nome. Lui prova a ridere ma gli viene la tosse. Forte. Fortissima.

Nella stanza entrano due ragazze, quella bionda con i capelli lisci è la fidanzata di Gianni. L'altra, invece, con i capelli scuri e gli occhi verdi sembra Jennifer Lopez. Ha la custodia di un violino a tracolla.

Restiamo un po' in silenzio vicino al letto, nessuno sa bene che dire in questi momenti, credendo che il silenzio sia imbarazzante. Invece lo sono proprio quei discorsi medi e inutili che qualcuno prova a fare, tipo commentare il gusto del succo di frutta sul comodino. Io preferisco sbirciare l'amica della fidanzata di Gianni, ha due tette esagerate e naturali, si vede, una quarta abbondante.

Le squilla il telefonino e si fa immediatamente rossa in viso, sembra una bambina pizzicata con le mani nella marmellata. Risponde con la voce rotta dalla vergogna, sta qualche secondo ad ascoltare poi si rivolge alla sua amica.

«È Rino, un suo dipendente gli ha dato una testata e gli ha rotto il naso.»

Ciro Incoronato
Ponte dell'asse mediano. Altezza Giugliano-Parete
21 giugno 2013. Ore 12.05

Ha trovato il ferro nascosto nel cassettino del cruscotto, l'avevo messo sotto i documenti della macchina. Cazzo, me lo dovevo immaginare che non sta fermo un attimo e infila le mani dappertutto. M'ha detto che s'è messo a giocare, voleva fare come nel film *Il camorrista,* quello che parla di Cutolo, il professore vesuviano. Come al solito non avrò messo la sicura e all'improvviso è partito il colpo. Che te lo dico a fare, l'ho riempito di mazzate co' certi schiaffi talmente forti che gli resteranno impressi nella mente per sempre. Come quelli che ho preso da mio padre, ce li ho tutti marchiati a fuoco sulla pelle come le vacche. Il suo credo era chiaro: «I bambini sono come i cani, devono prendere le mazzate quando sbagliano, solo così capiscono che non devono fare più gli stessi errori».

Pure io m'incazzavo, proprio come Luigino, ma quando ho capito che lo faceva per farmi crescere a mestiere, l'ho ringraziato fino all'ultimo giorno della sua vita.

«Ma tu hai capito che hai fatto? L'hai capito o no, cazzone?»

Fa no colla testa e mi spiazza, lasciandomi senza parole. Sta colle braccia incrociate e prende a calci certe pietruzze piccole piccole ai bordi della strada. E mo' che faccio? Guardo dritto in avanti per evitare il suo sguardo, anche se non è la cosa giusta, lo so. Non posso fallire cazzo, lui deve comandare, non può fare 'sta vita di merda.

Mi catapulto in macchina e parto piano, prendo tempo e penso a come sistemare la cosa. Devo stare calmo, calmo, altrimenti non riesco a trovare la soluzione. Colla coda dell'occhio lo guardo nel riflesso del finestrino e mi sento piccolo piccolo. Io sono il padre, devo essere il migliore per lui, non posso fare la figura del pover'uomo.

Il pitbull continua ad abbaiare ed è anche colpa sua se non riesco a ragionare bene...

Cazzo, come ho fatto a non pensarci prima? La pistola. È lei la soluzione.

Inchiodo di botto e allungo una mano nei pantaloni per pigliare il ferro. So come fargli capire che io sono il padre migliore del mondo. Lo so, garantito.

«Dimmi una cosa, a papà, t'è piaciuto sparare prima?»

Il figlio di zoccola non risponde, è convinto che sia una domanda a trabocchetto.

«Ti è piaciuto sì o no? Dimmi la verità.»

Lui fa sì colla testa tre o quattro volte. Sento una botta di calore sulla faccia. Mi precipito verso il portabagagli e lo apro. Il pitbull sta incatenato e abbaia colla bava che gli esce dalla bocca. C'ha il muso sfregiato, il pelo sporco di sangue e la coca ancora in circolo.

«Lo vedi questo cane? Nel momento più importante è venuto meno. Ha avuto paura e ha perso. In questo mondo, a papà, non c'è posto per chi si caca nelle mutande.»

Mi allontano di qualche passo e lo guardo dritto negli occhi. È ora di metterlo alla prova, allungo il braccio colla pistola e gliela metto sotto il naso.

«Tieni. Leva questo pezzo di merda da sopra alla faccia della terra. Forza, è 'na strunzata. Una botta in testa ed è finito tutto. La botta gliela devi sparare in testa però, sennò non muore subito e poi lo devi sparare un'altra volta. Hai capito, a papà?»

Il figlio di zoccola s'è paralizzato colla bocca aperta e lo sguardo fisso sulla pistola.

«Oh, ti sei incantato? Te lo vuoi pigliare o no 'sto ferro?»

Il pitbull abbaia senza pigliare fiato, ha capito che è giunta la sua ora. Mi avvicino a Luigino e gli faccio impugnare la pistola co' tutte e due le mani, lo guido colle mie e cerco la posizione migliore. Gli metto il dito vicino al grilletto e punto il ferro in faccia al bastardo che mostra i denti affilati e sporchi di sangue dell'altro cane contro cui ha combattuto.

«Fai un bel respiro, a papà. Conta fino a tre e fagli vedere chi cazzo sei.»

Il cane s'è irrigidito sulle zampe, per un attimo penso che 'sto bastardo ha il cervello come il nostro, ha capito che tra poco sarà morto. Sono contento, deve soffrire perché m'ha fatto perdere duecento euro.

«Conta fino a tre, a papà. Fai un bel respiro e dagli una botta in testa. Uno. Dueeee... e tre.»

Spariamo.

Carmine Scognamiglio
Ospedale Loreto Mare. Napoli
21 giugno 2013. Ore 12.15

Jennifer Lopez, quella con la custodia del violino a tracolla, è la fidanzata di Rino Petrone, il mio «ex» capo. Non ci posso credere. E non posso nemmeno credere che con quella mezza schifezza di testata s'è rotto il naso, a me fa ancora male il dente.

Sono contento per Migliaccio che almeno s'è fatto una risata. A Gianni, invece, gli è scappato che se la meritava una bella testata. Non l'avesse mai detto, è successo il finimondo. La fidanzata si è incazzata come solo una donna sa fare, tant'è che l'amica, Jennifer Lopez, ha capito l'antifona e con una scusa s'è avviata all'uscita lasciandomi solo nel bel mezzo della bufera. Dopo qualche minuto ho trovato il tempo giusto per salutare Gianni e sono scappato anch'io dall'imbarazzo di quel litigio.

Nel parcheggio dell'ospedale incrocio Jennifer Lopez che fuma una sigaretta, ha inforcato un paio d'occhiali da sole giganti che portava mia madre negli anni Sessanta. Quant'è bella. Sembra una diva del cinema. Faccio il giro lungo per passarle vicino.

«Ciao. Sei a piedi? Vuoi un passaggio?»

«No, grazie. Sto aspettando Giulia.»

Già mi ero fatto il film: io alla guida della vespa con lei che mi strusciava le tette sulla schiena. Invece, triste e sconsolato la saluto e me ne vado. Riesco a sbirciarla da lontano e fotografo per bene nella mente tutto quel ben di Dio...

CAZZO! CAZZO! CAZZO!

Non c'è più la vespa. Sento una voragine nello stomaco. Sto sudando. Dove sta quello con la tuta del Barcellona? Cammino avanti e indietro. Guardo a destra e a sinistra. Sono sicuro di averla parcheggiata qua. Di fronte, sull'altro lato della strada, c'è una farmacia. Attraverso di corsa e mi fiondo nel negozio.

«Mi scusi, per caso è passato il carro attrezzi e ha caricato una vespa? Era parcheggiata là, di fronte.»

«Ha pagato il parcheggiatore?»

«Sì, certo.»

«E allora chieda a lui.»

«Non c'è più.»

«Provi nel bar a destra.»

Effettivamente nel bar a destra c'è il tizio con la tuta del Barcellona, sta tranquillamente bevendo il caffè vicino al bancone.

«La mia vespa non c'è più.»

Il parcheggiatore sospira e si allontana dal bancone, mi fa segno di seguirlo. Appena fuori, con un'aria mortificata che non vuole far vedere a nessuno tranne che al sottoscritto, mi spiega che sono venuti due tossici del rione Case Nuove e l'hanno rubata. Lui ha provato a intromettersi ma con i tossici non si ragiona, e per farmi capire di essere in buona fede si offre di accompagnarmi nel rione per il cavallo di ritorno.

Oggi è senza dubbio una giornata di merda: ho perso il lavoro e forse sono rimasto a piedi. Devo fare qualcosa.

Per adesso sono seduto sul sellino di un Liberty blu insieme al parcheggiatore in giro turistico per i vicoli del rione Case Nuove. Ci fermiamo all'ingresso di un palazzo e il parcheggiatore urla più volte il nome di una persona. Ha una voce doppia, profonda, mi ricorda spiaccicato un ambulante che vendeva la frutta con l'Ape sotto casa mia. Sul muro del palazzo c'è il disegno di un mastino napoletano con una scritta che mi terrorizza: A GUARDIA DI UNA FEDE. I gruppi Ultras della curva A sono i peggiori, pensano solo a fare cariche con la polizia e a contestare società e giocatori. Il vero tifo sta in curva B, da sempre. È la storia che lo insegna.

Dal palazzo esce un tizio che indossa una maglietta con lo stesso disegno e la stessa scritta. Sono finito in mezzo a gente della curva A, è ufficiale. Il parcheggiatore gli dice della vespa e quello ci fa segno di seguirlo. A piedi, puntualizza. Ci racconta che gliel'hanno consegnata due tossici mezz'ora fa, lui non l'ha ancora toccata. Arriviamo nei pressi di un garage, l'ultras si guarda intorno prima di aprire la saracinesca, dentro ci sono cinque o sei scooter tra cui la mia vespa.

«È quella?»

Dico di sì e mi avvicino.

«Hanno spezzato il bloccasterzo?»
«E certo, sennò come la rubavano.»
«Quanto vuoi?»
«Quattrocento euro.»
È una cifra esagerata, non lo so se la mia vespa vale tutti questi soldi. Valore di mercato, ovviamente, perché quello affettivo è incalcolabile.
«Ma so' troppi quattrocento euro...»
«Frate', io non mi voglio fare i soldi sopra. T'ho chiesto quello che ho dato ai tossici mezz'ora fa. Mica ci posso rimettere, sennò che lavoriamo a fare. Comunque, se ti va bene così, te la ripigli, altrimenti la smonto e me la vendo a pezzi. Non ci sta problema. Anzi, se andiamo a vedere, a pezzi mi faccio pure più di quattrocento euro.»
E mentre parla, gioca con un portachiavi lunghissimo che fa attorcigliare intorno alle dita, è irritante.
«Mo' non ho i soldi, però me la voglio riprendere.»
«Te la posso mettere da parte fino a stasera» mi dice con tutta la calma del mondo, come se fosse il proprietario di una boutique in via Chiaia. Ha capito come colpirmi e continua a farlo puntando dritto al mio tallone d'Achille: l'immagine della vespa smontata a pezzi mi fa rabbrividire.
Il parcheggiatore mi accompagna nei pressi dell'ospedale. Non lo saluto nemmeno e vado a prendere l'autobus su via Marina.
Quando passa.

TRIBUNALE DI NAPOLI
SEZIONE MONOCRATICA
Procedimento penale n.1308/81 - Udienza del 14/12/2014

Procedimento a carico di – Scognamiglio Carmine –
Escussione del teste: Ottaviano Mario

Il teste dichiara la formula d'impegno.
Il Giudice invita il testimone a fornire le proprie generalità e questi risponde: «Ottaviano Mario, nato a Napoli il 5 febbraio 1968; in servizio presso il Commissariato di Napoli San Giovanni a Teduccio».

GIUDICE – Il Pubblico Ministero può procedere all'esame del teste.
PUBBLICO MINISTERO – Può riferirci in merito all'esito delle indagini conseguenti alla denuncia, e quanto di riscontro è venuto a conoscenza in merito all'individuazione dell'auto e del conduttore della stessa?
GIUDICE – Facciamo una domanda per volta, così anche per il Giudice, che è assolutamente nudo e crudo sugli atti, è più facile seguire. Lei ha fatto delle indagini?
DICH. – Io ho ricevuto una denuncia di lesioni e di omissione di soccorso, presentata da Scognamiglio Carmine il 21 giugno 2013.
GIUDICE – Lei sta consultando un atto a sua firma?
DICH. – Sto consultando degli atti a mia firma, depositati al Commissariato come anche in Procura. A seguito della denuncia, in cui Scognamiglio Carmine forniva la tipologia dell'auto, indican-

done marca, modello e colore, e dichiarava che alla guida della stessa auto che aveva causato volontariamente il sinistro, ci fosse Incoronato Ciro alias «Ciruzzo Buttigliella», abbiamo fatto gli accertamenti per risalire al numero di targa e abbiamo verificato che l'auto in questione fosse di proprietà dello stesso Incoronato Ciro.

PUBBLICO MINISTERO – Queste sono le attività svolte come organo di Polizia?

DICH. – Sì, solo queste.

PUBBLICO MINISTERO – Non ho altre domande, Giudice.

GIUDICE – La Difesa, prego.

AVV. CASTELLANETA – Lei può dire che Scognamiglio Carmine era solo quando si è presentato, spontaneamente, al Commissariato per esporre denuncia?

DICH. – Sì, era solo.

AVV. CASTELLANETA – Ricorda quale fosse il suo stato d'animo?

DICH. – Era visibilmente turbato, tant'è che abbiamo provveduto a fornirgli un bicchiere d'acqua prima di ascoltare la denuncia. Durante l'esposizione ha pianto più volte, professando la sua estraneità ai fatti.

AVV. CASTELLANETA – Non ho altre domande, Giudice.

GIUDICE – Può andare, grazie.

NON CI SONO ALTRE DOMANDE.
IL TESTE SI PUÒ ACCOMODARE.

GIUDICE – Il suo prossimo teste qual è?

AVV. CASTELLANETA – È il signor Ascione Luigi.

GIUDICE – Facciamo accomodare il Sig. Ascione Luigi.

Ciro Incoronato
Circumvallazione esterna. Lago Patria
21 giugno 2013. Ore 12.30

Il figlio di zoccola ha mandato al creatore il pitbull con una botta sola. L'ha colpito in testa, preciso, come uno che spara da sempre. Il bastardo ha fatto un lamento strano, s'è accasciato su un lato e ha cacciato la lingua da fuori. Ah, finalmente siamo in grazia di Dio.

Mi devo godere questo momento, dove lo trovo un ragazzino di otto anni che spara a un cane e lo uccide con una botta sola? Non esiste, garantito.

Intanto m'avvicino al portabagagli e slego il cadavere del cane, è ancora caldo. Lo piglio in braccio e m'incammino in mezzo alla campagna che puzza di latte avariato. Improvvisamente, senza nessun motivo, sento di nuovo il rumore della lamiera che si contorce e le urla di Luigino che mi chiede aiuto e non so che fare.

Perché cazzo, perché?

Scuoto la testa e chiudo gli occhi per qualche secondo. Quando li riapro non sento più niente, solo il rumore di una macchina che sfreccia veloce sulla strada. Faccio un mezzo giro colla testa all'indietro e mi accorgo che il figlio di zoccola m'ha raggiunto e mi fissa collo sguardo cattivo. Volto immediatamente la faccia per non guardarlo e muovo qualche passo nella campagna pensando a quanto vorrei poter tornare indietro e mettere tutto a posto. Però, aspetta, mica è la prima volta che ha quell'espressione? Forse non ce l'ha co' me. Lo devo capire. Mi blocco in mezzo alla campagna col cane morto in braccio che pesa sempre di più e mi giro co' tutto il corpo verso mio figlio.

«Luigi', a papà, per caso stai facendo la parte di quello nel film?»

Lui fa sì colla testa senza smettere di fare l'imitazione.

«E basta fare il professore vesuviano, basta, ti prego, non mi piace.»

Non ne vuole sapere di smettere, sta sempre colle dita puntate come una pistola e la faccia da duro, guarda fisso verso di me e storce un po' la bocca.

«Per quello che hai fatto, ti meriti un premio, lo sai? Scegli tutto quello che vuoi. Qualsiasi cosa.»

Mio padre m'ha insegnato che coi bambini ci vuole lo stesso trattamento degli animali: il bastone e la carota. Quando fanno una cosa giusta bisogna premiarli. Il figlio di zoccola fa finta di non sentire e colle dita continua a fare il gesto della pistola, me la punta proprio addosso. Allora ce l'ha co' me? Mi sta salendo il sangue agli occhi, non lo posso vedere mio figlio che mi punta una pistola, non esiste, non può succedere nemmeno per scherzo. Per fortuna mi saltano in mente ancora le parole di mio padre: «I bambini devono sempre capire chi è il padrone».

Cazzo, devo fargli capire che sono io il padrone. Cammino veloce e lo raggiungo, lui non si muove di un passo e continua a puntarmi le dita contro. Poggio il cane morto a terra e comincio a scassarlo di mazzate co' schiaffi, pugni, calci, deve avere una mazziata pesante per il gesto che ha fatto.

«Certe cose non le devi fare nemmeno per scherzo, hai capito pezzo di merda?»

Lui non si muove, resta rannicchiato in mezzo alla campagna. Sicuramente ha imparato la lezione. È stato bravo a non piangere co' tutte le mazzate che gli ho dato, un altro bambino avrebbe pianto al primo schiaffo, garantito.

«Signore, ma che cavolo sta facendo? Io la denuncio.»

Chi cazzo è? Mi guardo intorno per capire da dove arriva 'sta voce. C'è un uomo che mi osserva dalla strada, esattamente nella corsia di marcia opposta alla mia e scatta delle fotografie col cellulare. Impegnato a dare mazzate non mi sono accorto dell'arrivo di una macchina co' 'sto stronzo che rompe i coglioni.

«Mi ha sentito?»

Aveva ragione mio padre: chi si fa i cazzi suoi campa cent'anni.

«L'ha ammazzato di botte» mi urla specificando un punto col dito. Lo seguo e m'accorgo che sta indicando il pitbull. Cazzo, mi sono fatto sgamare come un pollo.

«Era morto già» è l'unica cosa che riesco a dire. Quello sta smanettando col cellulare, forse vuole chiamare la polizia. M'impressiono e corro in mezzo alla campagna, raggiungo la strada e l'attraverso di corsa. A pochi passi dalla sua macchina piglio il ferro dal pantalone.

«Dammi 'sto cellulare, forza.»

Appena vede il ferro diventa bianco come un fantasma e s'inceppa tutta la voglia di fare l'animalista. In macchina sul sedile del passeggero c'è un bambino che piange spaventato e seduta dietro una signora con un neonato in braccio.

«Ma tu si' proprio strunz'? Co' tua moglie e i tuoi figli in macchina ti fermi a cacarmi il cazzo? E se mo' ti sparo, che hai concluso? Quanti anni ha tuo figlio?»

«Nove.»

«Mi dispiace, stai facendo una figura di merda davanti agli occhi di tuo figlio, ma tu si' strunz', non è colpa mia.»

«Non ci faccia del male, per favore.»

Gli ordino di prendere tutti i cellulari che hanno e di consegnarmeli. Lui dice alla moglie di dargli il telefonino e lei lo fa senza fiatare. Stringe a sé il neonato e ha la faccia di chi si farebbe ammazzare pur di proteggerlo. Quando la guardo non abbassa gli occhi, c'ha più palle del marito, che te lo dico a fare. Lo stronzo mi consegna i cellulari, in quell'istante mi accorgo che s'è pisciato addosso, ha i pantaloni bagnati all'altezza del cavallo. Mi faccio consegnare il portafogli, lo apro ed è pieno di soldi, ci saranno almeno cinquecento euro. M'intasco i soldi e sfilo la carta d'identità, poi gli ordino di darmi le chiavi della macchina.

«Ora ti siedi in macchina, chiudi lo sportello e non ti muovi», gli mostro la carta d'identità, «So dove abiti, se chiami la polizia o fai qualcosa che non devi fare, t'accire. E accire pure a tua moglie e ai tuoi figli. Dipende tutto da te, è chiaro?»

Lui fa sì colla testa e sto a pensiero tranquillo, è talmente spaventato che non si ricorderà nemmeno la mia faccia. Lo spingo in macchina e chiudo lo sportello, mi abbasso un po' sulle ginocchia e saluto la moglie sorridendo e agitando la pistola. Poi mi giro e attraverso la strada. Il cadavere del cane in mezzo alla campagna mi fa venire in mente Totò: la morte è 'na livella, ci fa diventare tutti uguali. Questo bastardo faceva una sfaccimma di paura quand'era vivo, adesso vale quanto la monnezza.

Ci facciamo tutta la strada senza dire nemmeno una parola, adesso siamo quasi arrivati al Bronx di San Giovanni. Ho pensato tutto il tempo al gesto di mio figlio, sono arrivato alla conclusione che incolpa me dell'incidente e che appena avrà la possibilità di vendicarsi lo farà, senza nessuna pietà. Devo parlare, non serve a niente stare zitto, ho bisogno di capire.

«Luigi', a papà, ma tu veramente mi avresti dato una botta?»

Non risponde, continua a guardare avanti come se non esistessi. Conosce le mie debolezze e sa che questo atteggiamento mi fa perdere il controllo.

«Cazzone, quando parlo io mi devi rispondere, hai capito?» gli urlo senza riuscire a trattenere la rabbia. «Me l'avresti data una botta?»

Voglio una risposta. Anzi, voglio un no. Perché se così non fosse, piglio la pistola e me la do io una botta in testa. Invece, per fortuna, fa no colla testa, e pure se non sto per niente a pensiero tranquillo, me lo faccio bastare e provo a cercare un po' di pace.

Giro nella traversa del Bronx e parcheggio sotto il portone di Centogrammi. Faccio un respiro profondo e vado ad affrontarlo.

Carmine Scognamiglio
Piazza Bellini. Napoli
21 giugno 2013. Ore 12.40

Piazza Bellini è il cuore del centro storico di Napoli. Da qualche anno è anche il quartier generale di uno dei gruppi Ultras più feroci della Curva A: i Mastiffs.

L'autobus mi ha lasciato a piazza Dante, sto facendo a piedi la salita di Port'Alba. Questa zona è piena di studenti figli di papà che si vergognano delle ricchezze di famiglia, come se fosse una colpa, e si vestono come i barboni per camuffare l'abbondante conto in banca. Mio fratello li chiama «La politica della mutanda sporca».

Alla fine della via c'è una pizzeria, mi fermo a guardare la vetrina del servizio caldo, è zeppo di margherite mignon appena sfornate. Il vetro è appannato dal fumo e fa venire l'acquolina in bocca. In tasca ho qualche spicciolo, e siccome m'è venuta una fame improvvisa mi faccio servire una pizza a portafoglio e la divoro. La salsa bollente brucia la lingua ma la finisco lo stesso in quattro bocconi quasi senza masticare.

Questa pizza è uno spettacolo.

Attraverso la strada e sono al centro di piazza Bellini, tra la statua e i resti di Napoli. Seduti ai piedi della statua ci sono tre ultras che fumano una canna.

«Scusate, sapete per caso dove posso trovare Biberon?»

«È andato a fare un servizio, mo' subito torna.»

Li informo che sono un suo vecchio amico e che se per loro non è un problema mi siederei ad aspettarlo.

«La piazza è di tutti», mi fa con un tono palesemente falso uno dei tre. Faccio finta di crederci e mi siedo.

«Tiè, te li vuoi fare due tiri?»

Di mattina non fumo dai tempi della scuola. Faccio lo stesso un paio di tiri cercando di inspirare meno fumo possibile per non urtare la loro suscettibilità. Li ascolto sparare a zero su certe dichiarazioni del presidente e mi compare sulla faccia un bel sorriso idiota.

«Guardate a quei due», fa uno dei ragazzi.

Con il mio tempo tossico mi giro a guardare e vedo una coppia di uomini che cammina in piazza tenendosi la mano. L'ultras che ha parlato si alza di scatto e si piazza davanti ai due, gli impedisce di proseguire.

«Quando passate qua non potete stare mano e mano.»

«Perché, scusa?»

«Perché mi fa schifo.»

I due cercano di proseguire ma l'ultras continua a ostacolargli la strada. Allora uno dei due, in uno slancio di coraggio, lascia la mano del suo compagno e prova a reagire.

«Senti, se ti fa schifo non ci guardare.»

Fa giusto in tempo a finire la frase che l'ultras lo colpisce con uno schiaffo talmente forte che gli occhiali fanno un bel volo e finiscono in un'aiuola. Io e gli altri due ultras ci alziamo di scatto. Loro ridono. Io sono preoccupato, conoscendo la *mentalità ultras* penso che i due malcapitati siano vicinissimi a passare il più brutto quarto d'ora della loro vita. Il ragazzo che ha preso lo schiaffo si copre la faccia con una mano, dalle dita gli cola qualche goccia di sangue. Molto probabilmente i naselli degli occhiali l'hanno ferito prima di abbandonare il naso su cui erano poggiati da chissà quanti anni. L'altro ha cominciato a gridare, agitandosi come un pesciolino rosso fuori dall'acqua. Uno dei due ultras, quello che era seduto con me, si avvicina e lo spinge. Gli ordina di non gridare. Mi salta in mente una cosa che ho sentito in televisione e mi pare abbia a che fare con questo scenario: era un programma su uno di quei canali satellitari che consigliano gli appropriati comportamenti da assumere quando ci si trova di fronte a condizioni estreme, nel caso di quella puntata si diceva che quando si è assaliti da un branco di cani randagi bisogna restare immobili e in silenzio per non essere aggrediti. Il ragazzo invece continua a gridare, anzi, fa qualcosa di molto peggio per un ultras, dice di chiamare la polizia. Non l'avesse mai fatto, l'ultras appena sente la parola *polizia* ha una specie di crisi epilettica, uno shock anafilattico, un'overdose di adrenalina, e comincia a colpirlo con una scarica di pugni che pare Mike Tyson. Il povero cristo prima barcolla per qualche passo e poi cade inesorabilmente al tappeto finendo in braccio a due inglesi che stanno prendendo il tè ai tavolini di un bar.

Intanto quello che ha preso il primo schiaffo sta cercando, a quattro zampe come un cane, di recuperare gli occhiali tastando l'asfalto della piazza. Purtroppo per lui li ha già raccolti l'ultras e ce li ha stretti in mano. Si diverte a metterglieli sotto al naso di tanto in tanto dandogli la sensazione di averli trovati, ma quando il poveretto li sta per raccogliere, lui lo blocca calpestandogli la mano con gli anfibi. E preme come se dovesse spegnere il mozzicone di una sigaretta. Quello urla. Forte. Fortissimo.

«Ricchio', urli così pure quando lo pigli in culo?»

Sento il suono sgradevole di una sirena.

«'E guardie. 'E guardie. Fujte!»

Non so per quale motivo comincio a scappare verso il conservatorio. Perché sto scappando? Io non c'entro. Ora, però, è meglio non fermarsi. Loro per fortuna scappano in direzione opposta alla mia, su via Costantinopoli. La volante li vede e li segue. Io arrivo a piazza Miraglia e m'infilo in un bar, ordino un caffè e riprendo fiato. Mi accendo una bella Marlboro che dopo il caffè è la morte sua e ritorno verso piazza Bellini, pare che sia tornato tutto tranquillo. Vorrei spiegare al mondo racchiuso in questa piazza che non c'entro niente, che ero insieme a quei tre per puro caso, che non condivido la folle mentalità ultras nemmeno lontanamente, ma freno la voglia di spiegazioni perché vedo uscire dal bar i due ragazzi aggrediti. Il tizio del primo schiaffo ha un cerotto sul naso, l'altro una busta di ghiaccio all'altezza dello zigomo. Mi allontano a piccoli passi fingendo indifferenza, ho paura che mi possano scambiare per un ultras e poi valla a spiegare la verità, meglio evitare.

«Scognami', ma che ci fai da queste parti?»

Biberon, che ricordi. Abbiamo condiviso il banco nei cinque anni di scuola superiore all'ITIS, in realtà erano più i giorni in cui facevamo filone che quelli in cui eravamo seduti nel banco. Che bei tempi. Biberon è uno dei capi del gruppo Mastiffs. Gli racconto della vespa e del tizio con la maglietta A GUARDIA DI UNA FEDE che vuole quattrocento euro per il cavallo di ritorno.

«Sali», mi fa con il tono di chi non vuole sentire ragioni.

Biberon è un armadio a quattro ante. 150 kg per 1,90. Mi siedo sul pezzo di ferro che serve come base per montare il bauletto, l'unico spazio libero, il resto del sellino è occupato dalla mole di Biberon.

«Bibero', ma che vuoi fare?»

Ciro Incoronato
Bronx. San Giovanni a Teduccio
21 giugno 2013. Ore 13.00

La casa di Centogrammi è all'ultimo piano e le scale puzzano di pisciazza di cane. Le sto salendo a due a due, sento i passi di mio figlio che seguono i miei e mi convinco che ha detto la verità: non me l'avrebbe mai data una botta, garantito.

Quando arrivo sul pianerottolo spingo la porta d'ingresso e mi assale una puzza di salsa bruciata.

«È permesso?»

Sul pavimento del salotto ci sono due bambini che giocano con un pitbull, gli mettono le mani in bocca, gli tirano le orecchie, gli danno certi schiaffi che lo stanno stordendo.

«Questo chi è?» dico alla moglie di Centogrammi che intanto m'ha raggiunto con un mestolo gocciolante di sugo.

«Non ha passato la prova. Non ha l'aggressività, non lo vedi che cane fesso che è? Mo' mi devo tenere questo mobile in mezzo alla stanza.»

«Vabbè, almeno si divertono i bambini.»

Quando arriviamo nella stanza con la scala a chiocciola che porta sul tetto, la signora mi dice di aspettare un momento. Sale quattro gradini che bastano per mettere la testa fuori e urla.

«Centogra', ci sta Ciruzzo, lo faccio salire?»

Mi fa segno di andare e per i primi gradini abbasso la testa sennò urta. Dal tetto San Giovanni pare Posillipo, si vede da una parte il Vesuvio e dall'altra il golfo. M'incanto a guardare questo spettacolo, è la città più bella del mondo, che te lo dico a fare.

Il figlio di zoccola, invece, s'è incantato a guardare Centogrammi che addestra un pitbull. Centogrammi è il numero uno, c'ha il fisico di uno stuzzicadenti ma sa farsi rispettare, ha mandato all'ospedale gente tre volte più grossa di lui. È il re dei combattimenti clandestini dei cani. Quando m'ha proposto di lavorare co' lui non ci potevo credere, faccio piccole cose: vado a buttare i cani moribondi nella monnezza, metto e tolgo la terra nel ring, apro le gabbie per far uscire i cani prima di un combattimento, insomma, mi guadagno i soldi per comprare il crack. Ogni tanto mi fa puntare, ma ora che l'ho ignorato quando m'ha fatto segno di uscire dal gioco e ho perso, col cazzo che mi fa puntare ancora qualcosa, me lo posso dimenticare.

Sul tetto co' Centogrammi c'è pure Gennaro detto Micione perché quando parla si butta addosso come i gatti, addestrano uno dei migliori pitbull della scuderia. Mio figlio non gli toglie gli occhi di dosso, è la prima volta che sale sul tetto e non aveva mai visto come si addestra un cane. Micione tiene stretto colle mani un copertone di motorino che il pitbull ha azzannato, intanto Centogrammi gli tira la coda talmente forte che il bastardo sta sospeso in aria senza toccare colle zampe per terra.

«Lo vedi questo cane, a papà, è un mostro. Tutti i cani quando gli tiri la coda lasciano la presa, questo no. Questo una volta che ha azzannato la preda, la lascia solo quand'è morta.»

Gli faccio segno colla testa di seguirmi e ci avviciniamo a Nino detto Pallettone perché spara sempre un sacco di cazzate e a Enzo detto Parulella perché in ogni discorso vuole avere sempre l'ultima parola. Ci sporgiamo dal cornicione per guardare meglio la scena. Pallettone e Parulella hanno fatto addentare una corda a un altro cane, l'hanno calata giù dal palazzo e ora tengono il pitbull sospeso in aria all'altezza del settimo piano.

«Tu la lasceresti la presa, a papà?»

«Ciru', ma che stai borbottando in mezzo ai denti?»

Centogrammi m'ha raggiunto lasciando solo Micione ad addestrare il pitbull, s'aggiusta la catena d'oro col crocefisso e poi si pulisce le mani collo straccio.

«Niente, Centogra'... niente.»

«'O cane?»

«Tutt'apposto. L'ho buttato in una campagna vicino a Lago Patria.»

«Che cazzo hai fatto in fronte? Ti sta uscendo il sangue.»
«Niente, tengo un'allergia.»
È la prima stronzata che mi viene in mente, ma piscio fuori dalla tazza perché Centogrammi odia essere preso per il culo. Non faccio in tempo a pensarlo che sento il bruciore di uno schiaffo sulla faccia.
«Adesso te la curo io l'allergia.»
E comincia a scavare nelle mie tasche come fanno le guardie. Cerco di giustificarmi farfugliando qualcosa ma non serve a niente, trova immediatamente la bustina coi cristalli.
«Eccola qua l'allergia, omm' 'e sfaccimma», mi urla in testa. «Ti ho detto che la devi smettere co' 'sta merda se vuoi lavorare ancora co' me.»
Lo vedo che s'infila la bustina coi cristalli in tasca e si ferma il respiro.
«Tu lo sai che mi devi dare duecento euro?»
Cazzo, come ho fatto a non pensarci prima, ora gli do tutti i soldi e risolvo la questione. Infilo una mano in tasca e li cerco.
«'O sai purta' 'o T Max?»
Faccio sì colla testa anche se non capisco il motivo di questa domanda. Lui mi osserva, pare che mi sta studiando.
«'O sai purta' buono?»
«Sono un mostro.»
Lo sono davvero, guido motociclette da quando seduto sulla sella non riuscivo ad arrivare coi piedi per terra. Centogrammi s'avvicina al mio orecchio, sento il caldo del suo respiro sulla pelle.
«Allora vatti a fare una doccia che fai schifo per quanto puzzi e torna qui tra un paio d'ore.»
Mi dà uno schiaffetto e s'allontana lasciandomi impalato come un mamozio. Improvvisamente si blocca, fa un mezzo giro colla testa e mi guarda di nuovo.

«Che stavi cercando co' quella mano in tasca?»

Sono rimasto colla mano in tasca, cazzo. Devo inventare una scusa al volo perché i soldi me li voglio tenere e ricomprare i cristalli che s'è fottuto. Sto zitto qualche secondo, giusto il tempo per farlo insospettire. È meglio se dico la verità.

«Stavo prendendo i duecento euro.»

Tiro fuori la mano dalla tasca e purtroppo mi cadono anche gli altri soldi, faccio appena in tempo ad abbassarmi per raccoglierli che sento il peso del suo piede schiacciare la mia mano.

«Questi li tengo io, sennò tu li usi per comprarti quella merda. Ma dove cazzo li hai presi tutti questi soldi?»

«Me li ha prestati mia madre.»

Gli ho detto una cazzata, lo so, ma se scopre che ho fatto quel macello quando sono andato a buttare il cane, sicuro mi riempie di mazzate. Centogrammi ha delle regole, una di queste è non fare rumore, quello attira solo le guardie. È come la merda per le mosche.

Mi alzo da terra tenendo stretta la mano schiacciata dal tacco della sua scarpa e incrocio per caso lo sguardo deluso di Luigino. Cazzo, m'ero dimenticato di lui, co' quello che m'ha fatto Centogrammi ho perso tutti i punti che avevo guadagnato, ora penserà che sono una latrina. Dovrei avere il coraggio di reagire e riempire di mazzate Centogrammi, ma non ce l'ho, quindi devo trovare un'altra soluzione. Provo a guardare colla coda dell'occhio mio figlio per capire se c'ha ancora quella faccia delusa ma non lo vedo più. Dove cazzo sta? Giro su me stesso ispezionando ogni angolo del tetto.

«Ciru', ma ti vuoi stare calmo?»

Centogrammi mi stringe forte un braccio e blocca il giro vorticoso.

«A chi stai cercando? Tu stai tutto fatto, non è vero?»

Riesco a muovere solo la testa e lancio lo sguardo in giro per il tetto. Dove cazzo è andato? Mi libero dalla presa di Centogrammi e m'avvio veloce verso le scale, forse è sceso e non l'ho visto? Faccio giusto un paio di gradini prima di sentire delle urla dal tetto. Risalgo per capire cos'è successo ma devo immediatamente tornare indietro. Centogrammi, incazzato nero, corre come un treno verso di me.

Carmine Scognamiglio
Rione Case Nuove. Napoli
21 giugno 2013. Ore 13.15

«Quello stronzo è un cane sciolto che fa un sacco di cazzate. Noi non lo vogliamo nel gruppo ma lui continua a dire che ne fa parte. Ora gli faccio capire un paio di cose a 'sta faccia di cazzo.»

Siamo su via Marina. Intanto vorrei capire per quale stramaledettissimo motivo Biberon si ostina a camminare sulla strada normale che è tutta buche, una più profonda dell'altra, io prenderei la corsia preferenziale. Non credo sia per rispetto del codice della strada né tantomeno per scelta civica, fatto sta che ne prende una in pieno, immensa, e sento il pezzo di ferro che mi arriva in gola.

Urlo.

«Scognami', che è stato?»

«Niente Bibero', niente. Cerca di scansarti qualche fosso.»

«Infatti, lo devo buttare nel cesso 'sto mezzo», e rallenta fermandosi davanti a un bar.

«Che c'è, hai fame?»

«Ma quale fame, vieni con me.»

Cammino come se avessi un attacco acuto d'emorroidi. Nel bar c'è da mangiare il ben di Dio, le luci a led colorate illuminano la sala e due televisori 60 pollici sparano musica a un volume altissimo. Dietro la cassa ci sono in bella mostra un bel po' di fotografie del proprietario abbracciato a personaggi famosi, e le cameriere sono una bionda e una mora che potrebbero tranquillamente sostituire le veline di *Striscia la Notizia*. Mentre Biberon saluta il proprietario, me le squadro per bene.

«Scognami', ti sei incantato? Vieni con me.»

Il bagno è un quadrato minuscolo, lui è un armadio e c'entriamo a stento. Allunga le mani verso lo specchio, lo smonta dalla parete e lo appoggia sul lavandino, prende una bustina dalla tasca e prepara due strisce massicce. Mi offre di tirare.

«Ti ringrazio, ma faccio passo.»

«Sicuro, Scognami'? Guarda che è roba esagerata.»

«Sicuro. Grazie.»

Non si perde d'animo e tira su le due strisce. Usciamo dal cesso e salutiamo il proprietario, io do un ultimo sguardo fugace alle veline. Biberon mette in moto lo scooter e sono costretto a risalire sul ferro trasformandomi in un perfetto bauletto.

Davanti all'ospedale guardo se c'è quello stronzo con la tuta del Barcellona. Non c'è. Figurati. Biberon va dritto verso il rione, conosce la strada e non ha bisogno delle mie indicazioni. Quest'uomo è un mito, a scuola tutti mi rispettavano perché ero amico suo, e quelle rarissime volte che ho tradito la curva B per andare allo stadio con lui, ho notato che anche in curva A lo stimano tutti. Ci vuole talento per essere leader, c'è poco da fare.

Ci siamo, da qui riesco a vedere il ricettatore appoggiato al muro insieme con altri due tizi, hanno tutti e tre la maglia con il cane e la scritta A GUARDIA DI UNA FEDE.

«Bibero', è quello.»
«Lo so.»
Mi sento un coglione seduto qua dietro ma per fortuna non mi vede nessuno nascosto dalla sua schiena enorme.
«Carissimo, che ci fai da queste parti?»
Il finto ultras non riesce a nascondere il terrore che gli ha procurato la vista di Biberon. Io scendo perché mi fa male il culo, l'ultras si accorge di me e forse capisce tutto.
«Chisto chi è?»
«È mio fratello», gli risponde Biberon impennando il mio orgoglio. Il finto ultras, invece, si fa pallido, e pure i suoi amici.
«Dove sta la vespa?»
«Seguimi, Bibero'...»
Si è infilato la coda tra le gambe, stavolta non dice nemmeno «a piedi», ha totalmente cambiato atteggiamento. Biberon s'è messo sotto il suo braccio e non è un segno d'amicizia, lo sta minacciando con il linguaggio del corpo. Io spingo lo scooter e mi fa male il braccio. Per un attimo mi torna in mente quello che è successo, ingoio e sento il sapore ferroso del sangue, il dente mi fa ancora un po' male.
Arriviamo davanti al garage, il tizio apre la saracinesca e la mia vespa sta sempre là, triste e solitaria, mi fa una pena.
«Scognami', chella è 'a vespa?»
«Sì.»
Il finto ultras cerca di giustificarsi dicendo che non vuole fare la cresta, ma i quattrocento euro che ha speso per acquistarla dai tossici non li vorrebbe perdere.
«Solo una capa di cazzo come te può dare quattrocento euro a due tossici che si farebbero pisciare in faccia pur di farsi una dose.»
È evidente che siamo al confine delle maniere forti. Il finto ultras deve aver colto, infatti propone di farmi pagare la metà rimettendoci la sua quota.

«Di più non posso fare, capiscimi», piagnucola come un mendicante, dimenticando che fino a qualche ora prima quel garage era diventato una boutique di via Chiaia. Biberon non ama le contrattazioni a giudicare dall'insofferenza che gli si legge chiara in faccia, lo vedo uscire dal garage e muovere i suoi 150 kg per 1,90 verso lo scooter. Alza la sella e afferra una catena. Il finto ultras sente odore di tragedia.

«Bibero', che cazzo devi fare con...»

Non ce la fa a finire. Si becca una catenata poco sotto il ginocchio, cade a terra come un birillo del bowling. Urla e si tiene la gamba. È storta. Dal ginocchio in giù. S'è spezzata.

«Scognami', pigliati la vespa.»

Obbedisco. Gli altri due, con spirito kamikaze, si sono lanciati contro Biberon. Provano a colpirlo ma inutilmente, è un armadio, acchiappano solo colpi di catena da tutte le parti.

Io mi metto sulla vespa e la tiro fuori dal garage. A terra ci stanno i tre finti ultras che urlano di dolore. Lo stesso modo di urlare che aveva Rino Petrone quando gli ho rotto il naso, come muli azzoppati. Biberon sta sistemando la catena sotto la sella e mi fa segno di andare.

«Sempre Forza Napoli, Bibero'.»

«Sempre», lo sento urlare.

Esco dal rione Case Nuove e penso che non c'è nemmeno una casa nuova, le avranno costruite già vecchie, tanto è un rione popolare e i poveri non sono schizzinosi. Mi butto su via Marina. Prendo la corsia preferenziale per il bene del mio culo e della vespa appena ritrovata. Grande Biberon, domani vado a piazza Bellini e gli offro un caffè. Che mito. Supero una volante della polizia e comincio a intonare un coro da stadio che non condivido, ma mi diverte cantarlo ora.

Mi diverto solo se / a morire è lo sbirro...

Ciro Incoronato
Bronx. San Giovanni a Teduccio
21 giugno 2013. Ore 13.20

A terra, spiaccicato sull'asfalto, ci sta uno dei pitbull più vincenti degli ultimi anni. Colle ossa fracassate, la lingua penzoloni e il sangue che cola dalla bocca, ha fatto un volo di sette piani. Che morte di merda. Centogrammi sta bestemmiando tutti i santi del paradiso contro quei due stronzi. Hanno esagerato, non si può tenere un cane appeso tutto quel tempo. Spero li mandi *affanculo* una volta e per sempre, così ho qualche speranza di fare carriera e passare all'addestramento. Sarei un mostro. Tanto lo so che alla fine ci arrivo a stare sul tetto, di andare a buttare i cani nella monnezza o mettere la terra nel ring mi sono rotto il cazzo. Devo solo aspettare il mio momento.

Li ho lasciati a piangere il cadavere del pitbull e sono partito sgommando che si sono girati tutti. Devo spiegare la situazione a mio figlio ma non trovo le parole. Inserisco il CD del suo cantante preferito nello stereo e premo il tasto PLAY, un mezzuccio per fargli passare l'incazzatura e sorvolare su quello che ha visto sul tetto. Invece manco per il cazzo, resta a guardare avanti colla faccia incazzata e la canzone non l'ascolta nemmeno.

Parcheggio sotto il portone di casa e come previsto sono solo. C'è un'afa che s'azzecca addosso, pare di zucchero. Apro le finestre ma che te lo dico a fare, è come se non l'avessi fatto. In questo rione i palazzi stanno attaccati uno all'altro e hai voglia ad aprire tutto, non passa un filo d'aria manco a pagarlo oro. Mi spoglio e resto colla mutanda. C'ho un sacco di ferite sul corpo, devo stare più attento quando mi gratto, cazzo.

La bottiglietta me la fumo col culo appoggiato sulla tavoletta del cesso. Sto tutto fatto. Mi tolgo pure la mutanda e mi butto sotto la doccia. Quanto mi piace godermi lo sballo coll'acqua addosso. Alzo la testa e me la faccio scivolare sulla faccia, un po' me la bevo e un po' la sputo. Sto così per un tempo indefinito, fino a quando sento il rumore di una mano che bussa contro la porta del bagno e qualche secondo dopo la voce di mia madre.

«Ciro, sei tu?»

«E chi può essere?»

Mia madre ha il terrore dei ladri, come se fosse possibile che un ladro va a rubare a casa di qualcuno e prima di andarsene si fa la doccia. M'ha fatto passare tutto lo sballo. Chiudo l'acqua e m'asciugo coll'accappatoio. Mi spruzzo mezzo flacone di deodorante e mi vesto, ma fa talmente caldo che in pochi secondi sono di nuovo una zuppa di sudore. Raccolgo una buona quantità di cristalli e vado a buttare la bottiglietta nella monnezza in cucina.

«Vorrei sapere che ci fai con tutte queste bottigliette?»

«Tengo sete.»

«Bravo, a mamma, bere fa bene alla salute. Ma che ti sei fatto in fronte, sulla faccia, sul collo? Ti sta uscendo il sangue, l'hai visto?»

«Tengo un'allergia.»

«Non è che ti sei preso a botte con qualcuno?»

«Se mi piglio a mazzate co' qualcuno, non gli do la possibilità di lasciarmi i segni.»

«Senti, a mamma, tu ci devi andare più spesso al cimitero. Stamattina ho trovato tutti i fiori appassiti.»

È sempre la stessa storia, e che cazzo. Lo sa che questi discorsi mi fanno perdere il controllo ma non si arrende, è capa tosta. Infatti acchiappo al volo un bicchiere dal tavolo e lo spacco sul pavimento. Prendo la ciotola sul lavandino in cui stava sbucciando i piselli e la butto a terra. Si frantuma e i piselli colorano di verde le piastrelle. Do un calcio alla porta della cucina e si sfonda il legno. Lei comincia a piangere, l'unica cosa che può fare, provare a placare la mia furia è inutile. Ma perché non ci pensa prima? Io non la posso vedere mia madre che piange, cazzo, non la posso vedere. È meglio se me ne vado. Sbatto la porta d'ingresso e scendo le scale a due a due, in un attimo arrivo alla macchina. Nel riflesso del finestrino vedo la faccia di mio figlio, pure lui sta piangendo. Ma che avete oggi, vi siete messi d'accordo?

Mi devo fare un'altra bottiglietta, non ci sono alternative.

TRIBUNALE DI NAPOLI
SEZIONE MONOCRATICA

Procedimento penale n.1308/81 - Udienza del 14/12/2014

Procedimento a carico di – Scognamiglio Carmine –
Escussione del teste: Ascione Luigi

Il teste dichiara la formula d'impegno.
Il Giudice invita il testimone a fornire le proprie generalità e questi risponde: «Ascione Luigi, nato a Villaricca l'11 luglio 1941».

GIUDICE – L'Avvocato può procedere all'esame del teste.
AVV. CASTELLANETA – Lei come conosce il Sig. Scognamiglio Carmine?
DICH. – Lavoravamo nella stessa fabbrica, io ero il custode.
AVV. CASTELLANETA – Lei ha dichiarato di aver incontrato il Sig. Scognamiglio in compagnia del Sig. Incoronato Ciro, il giorno 21 giugno 2013, ricorda?
DICH. – Certo che me lo ricordo, e chi se la scorda più quella giornata.
AVV. CASTELLANETA – Ci può dire come le sono sembrati i rapporti tra il Sig. Scognamiglio e il Sig. Incoronato?
DICH. – Io a Carmine lo conosco da dieci anni.
AVV. CASTELLANETA – Per Carmine intende il Sig. Scognamiglio, giusto?
DICH. – Certo, Carmine Scognamiglio.
AVV. CASTELLANETA – Prego.
DICH. – Dicevo, lo conosco da dieci anni e posso dire che è un

bravissimo ragazzo. Non mi sarei mai aspettato da lui che potesse fare una cosa del genere, proprio mai. Quella è stata una giornata maledetta, la mattina il Sig. Migliaccio ha tentato di suicidarsi e la sera è successo il disastro.

GIUDICE – Avvocato, formuli una domanda più chiara, affinché il teste possa rispondere con più precisione, grazie.

AVV. CASTELLANETA – Sig. Ascione, lei crede che il Sig. Scognamiglio fosse in accordo con il Sig. Incoronato quando li ha incontrati, oppure le è sembrato, come dire, costretto?

DICH. – Non lo so se era d'accordo, però quell'altro aveva una pistola e gli diceva cosa doveva fare.

AVV. CASTELLANETA – Il Sig. Incoronato minacciava il Sig. Scognamiglio con una pistola?

DICH. – No, minacciava no. Però la teneva in mano e diceva quello che si doveva fare.

AVV. CASTELLANETA – In quell'occasione ha avuto modo di parlare con il Sig. Scognamiglio?

DICH. – No, perché quell'altro era sempre presente con la pistola. Però a un certo punto, Carmine mi ha fatto un segno con la mano per farmi capire che quello era pazzo e che lui non c'entrava niente.

AVV. CASTELLANETA – Le è sembrato tranquillo il Sig. Scognamiglio?

DICH. – No, aveva paura. E pure io.

AVV. CASTELLANETA – Li ha visti entrare in macchina e allontanarsi dalla fabbrica, giusto?

DICH. – Sì.

AVV. CASTELLANETA – Ci può dire chi era alla guida?

DICH. – Quello con la pistola.

AVV. CASTELLANETA – Il Sig. Incoronato Ciro?

DICH. – Non lo so come si chiama, però guidava lui, non Carmine.

AVV. CASTELLANETA – Non ho altre domande, Giudice.

GIUDICE – Il Pubblico Ministero, prego.

PUBBLICO MINISTERO – Lei, quella sera, era a conoscenza del fatto che il Sig. Scognamiglio Carmine era stato licenziato?
DICH. – No.
PUBBLICO MINISTERO – Era a conoscenza del fatto che il Sig. Scognamiglio aveva avuto una discussione con il Sig. Petrone?
DICH. – No.
PUBBLICO MINISTERO – Sa quanto dista la fabbrica dal luogo del sinistro?
DICH. – Sì, quasi dieci chilometri.
PUBBLICO MINISTERO – Lei, quindi, ha visto solo partire l'auto con alla guida il Sig. Incoronato, giusto? Poi è rimasto in fabbrica?
DICH. – Sì, li ho visti partire e ho chiamato la polizia.
PUBBLICO MINISTERO – Non ho altre domande, Giudice.

NON CI SONO ALTRE DOMANDE.
IL TESTE SI PUÒ ACCOMODARE.

Carmine Scognamiglio
Corso San Giovanni. Napoli
21 giugno 2013. Ore 13.30

Come un temporale improvviso. Tipo quelli d'estate, che di solito non hai l'ombrello e t'inzuppi da capo a piedi. Uguale. Oggi sono stato licenziato, stavo sulla vespa felice di averla recuperata e cantavo un coro da stadio quando me ne sono ricordato.

L'unica è confrontarmi con mio fratello che da quando è morto papà ha provato a sostituirlo, senza riuscirci. Non è colpa sua, papà era insostituibile. Quanto mi manca.

Ha un salone di barbiere sul corso San Giovanni, a quest'ora sarà pieno di gente. Parcheggio la vespa sul marciapiede vicino all'ingresso del negozio e lo vedo attraverso il vetro che taglia i capelli a un cliente.

«Buongiorno a tutti.»

Come previsto il negozio è zeppo, non c'è nemmeno un posto vuoto sulle poltroncine. Mi aspettavo una faccia sorpresa nel vedermi, macché, non mi degna nemmeno di uno sguardo e continua a tagliare punte di capelli. È un'ora insolita per me, se non finivo nella lista nera di Rino Petrone stavo felicemente scolpendo pezzi di legno per porte e finestre. Invece in quella maledetta lista ci sono finito e sono qui a cercare conforto da chi non è mai stato capace di darmene. Sono proprio un coglione, meglio se giro i tacchi e me ne vado.

«Che è successo?»

«Niente. Cioè, niente proprio no. Appena hai due minuti, ti dovrei parlare.»

«Finisco questo taglio.»

Io e mio fratello abbiamo un rapporto conflittuale in cui lui vince e io perdo, più o meno sempre. L'istinto mi suggerisce d'inventarmi una scusa e scappare, ma oggi è veramente una giornata di merda e non saprei proprio dove sbattere la testa. Mi accomodo sulla sedia dello shampoo.

Il mio ingresso ha interrotto il racconto del tizio cui mio fratello sta tagliando i capelli, una di quelle storie molto personali che diventano di dominio pubblico tra gli specchi del barbiere. Sasà sostiene che se vuoi conoscere lo stile di vita di un qualsiasi posto nel mondo devi andare dal barbiere. Io in questo negozio sento parlare solo di donne e di pallone. Infatti, il racconto ha come protagonista una femmina e a raccontarlo è Gino, un vecchio cliente di mio fratello. Un uomo di cinquant'anni circa con una panza che fa invidia a quella di Giuliano Ferrara, noto nel quartiere perché è il proprietario di un bar in cui si va per bere il caffè e spettegolare sulle sue avventure extraconiugali, di cui nessuno conosce veramente il limite tra la realtà e la fantasia. Questa che sta raccontando è una di quelle. Non so per quale sconsiderato motivo, con tutti i pensieri che ho in testa, mi metto a fare una domanda a Gino.

«Ma tua moglie non ha saputo mai niente?»

Gino alza la mano per frenare lo sforbiciare di mio fratello prima di girare la testa nella mia direzione. Nel salone cala il silenzio, sembra di essere in chiesa, si sente addirittura l'odore d'incenso. Avrò fatto la domanda sbagliata. Ma dico io, già oggi è una giornataccia che non si può spiegare, perché non mi faccio i fatti miei invece di intromettermi in una questione di cui sinceramente non me ne frega niente?

Intanto Gino cerca il mio sguardo. Mi fissa per qualche secondo che a me pare non finire mai. Sento una fitta al dente. Ingoio la saliva che ha ancora il sapore amaro del ferro.

«Penso di no», dice con un accento dubbioso. «Perché sennò è una cornuta felice.»

E scoppia a ridere. Insieme con lui tutti gli altri, pure mio fratello. Io no. Io non ci trovo niente da ridere.

«Guaglio', vediamo se tieni lo stomaco per sentire questa storia.»

Mio fratello torna a sforbiciare implorandolo di tenere la testa dritta e ferma, allora il chiattone mi guarda attraverso lo specchio e devo sentire per forza le sue stronzate.

«Come ti chiami?»

«Carmine.»

«Carminie', in due parole, l'altra sera mi so' chiavato una zoccola polacca che viene a fare le pulizie dentro al palazzo del bar. La cessa a un certo punto mi dice: 'Gino, voglio tuo cazzo grosso dentro mio culo'.»

Mi fa schifo solo l'idea, chiattone di merda. Faccio finta di sorridere perché continua a guardarmi attraverso lo specchio.

«Carminie', quella cessa ha pigliato un barattolo di vasellina e me l'ha spalmato sul cazzo. Non ci ho visto più, l'ho girata e gli ho rotto il culo. Dovevi sentire come urlava. Gliel'ho sfondato che sta ancora camminando tutta storta.»

Io non lo so se i clienti di mio fratello ridono perché lo prendono per il culo, oppure veramente si divertono con queste stronzate. A me, sinceramente, un uomo di cinquant'anni che racconta queste storie con la panza che gli esce dai bottoni della camicia per quanto è enorme, mi fa pentire di essere nato.

«Lo sai qual è la cosa tremenda, Carminie'?»

Ma perché si è fissato con me?

«Che quando gli ho tolto il cazzo dal culo, c'era una pellecchia di pomodoro sopra.»

Ho un conato di vomito. Che schifo. Gino ride talmente forte che gli viene la tosse. Gli altri, schifati come me, un po' lo mandano *affanculo* e un po' ridono. Mio fratello gli sfila il grembiule pieno di resti di capelli e gli indica il posto in cui sono seduto io.

«Vatti a fare lo shampoo. Stavolta hai fatto veramente schifo.»

Gino alza i suoi cento chili dalla sedia e ridendo sotto i baffi che non ha, rincara la dose.

«M'ha fatto schifo pure a me, l'ho scassata di mazzate a quella cessa.»

Mi alzo per far posto al suo culo gigante, per fortuna Sasà mi fa cenno di seguirlo. Usciamo dal salone e mi lascio alle spalle le stronzate di Gino e le risate idiote dei clienti.

«Allora, che è successo?»

Ecco, questo tono non prevede nessun tipo di solidarietà per qualsiasi risposta. Ma ormai ci sono, lui è l'unico che può trovare una soluzione. Gli racconto tutto. Ascolta senza muovere un muscolo e alla fine della storia gira le spalle e rientra nel salone. Lo vedo attraverso il vetro raccogliere il cellulare e tornare da me.

«Come sta Migliaccio?»

«Meglio. È ricoverato al Loreto Mare se lo vuoi andare a trovare.»

Fa un cenno con la testa che non ha un significato preciso, intanto compone un numero di telefono.

«A chi stai chiamando?»

Ciro Incoronato
Via delle Repubbliche Marinare. Napoli
21 giugno 2013. Ore 13.45

Non riesco a farlo smettere di piangere, ci provo in tutti i modi ma ogni tentativo è inutile. Piange senza far rumore, colle lacrime che scendono sulle guance e la bocca che si contorce in una smorfia. Mi fermo al bar per comprare una bottiglietta e faccio cinque o sei tiri potenti, così finalmente ho l'illuminazione.

«Luigi', a papà, ti sei preso collera per i fiori appassiti?»

Finalmente smette di piangere e fa sì colla testa. Ho azzeccato la mossa. Me ne fotto del divieto di sosta e parcheggio fuori al cancello d'ingresso. Il fioraio ha già tolto quasi tutti i fiori dalla bancarella, gli chiedo comunque di prepararmi un mazzo di rose rosse. Pago e m'infilo dentro, cammino nel viale colla puzza di naftalina che mi entra nel naso. La porta del padiglione è chiusa a chiave, c'è un cartello con la scritta CHIUSO. Cazzo, questa non ci voleva. C'è un gabbiotto co' due persone dentro che parlottano.

«Scusate, come devo fare per entrare lì dentro?»

«È chiuso giovanotto, dovete tornare domani.»

Faccio finta di non aver sentito e gli ripeto la domanda. Lui resta un attimo in silenzio poi si rivolge al collega.

«Miche', ma ho parlato francese, per caso?»

Il collega sbuffa e mi guarda scocciato.

«Guaglio', 'o padiglione sta chiuso, devi tornare domani. Lo capisci l'italiano?»

Ha ragione, non posso fare sempre il cazzo che mi pare, tornerò domani. Luigino s'è fermato davanti alla porta del padiglione e mi guarda. Ha gli occhi delusi, pieni di lacrime. No, non può ricominciare a piangere, non ce la faccio a vedere mio figlio così. Io c'avevo le migliori intenzioni ma lui non vuole aspettare fino a domani, che ci posso fare?

«Scusate, non è che mi potete fare la cortesia di farmi entrare cinque minuti? Il tempo che poso i fiori.»

«Guaglio', allora non è chiaro, devi tornare domani.»

Che te lo dico a fare, Luigino sta ancora indicando col dito di voler entrare, s'è proprio fissato. Allora con una santa pazienza mi rivolgo all'altro signore e gli chiedo la cortesia di farmi entrare. Quello di botto si alza tutto incazzato e mi urla in faccia che me ne devo andare. Io non lo volevo fare ma 'sto vecchio m'ha costretto, prendo il ferro dal pantalone e glielo punto in faccia.

«Mi fate entrare cinque minuti, per cortesia?»

Dicono di sì in coro.

«Io mo' la poso così non ci facciamo male, però voi nun facite 'e strunz' sennò vi faccio vedere come funziona e non vi conviene.»

Fa caldo cazzo, questi due mi stanno facendo agitare e se sudo va a finire che quando arrivo da Centogrammi puzzo un'altra volta.

Uno dei due vecchietti raccoglie il mazzo di chiavi dalla tasca. Gli ordino di andare avanti, s'incamminano verso il padiglione e li seguo. Una volta dentro mi faccio consegnare il mazzo e chiudo a chiave.

«Gentilmente mi date i vostri cellulari, ve li restituisco quando usciamo.»

Eseguono senza fiatare.

«Mo' andatevi a fare un giro per il padiglione, vi faccio un fischio quando ho finito.»

Aspetto che si allontanano e mi avvio lungo il corridoio. Sento i passi di mio figlio che seguono i miei e sto a pensiero tranquillo. Appena arrivo sulla tomba di mia moglie mi scende una lacrima guardando la foto nella cornice. Gliel'ho scattata col cellulare. Era estate, c'ha la faccia abbronzata. È bellissima. Avevamo portato Luigino alle giostre, me lo ricordo benissimo quel giorno, quanto ci siamo divertiti.

Quand'è morta pensavo non andasse bene questa foto per la tomba, perché aveva in braccio nostro figlio, ma il fotografo ha detto che si poteva tagliare in modo da far vedere solo la sua faccia. Poso i fiori nel vaso e m'accorgo che pure mia madre ha portato le rose rosse, erano le sue preferite. C'ho un nodo alla gola ma devo resistere. Non posso fare il debole co' mio figlio vicino, deve sempre pensare che sono forte e invincibile. Mi perdo qualche secondo negli occhi di mia moglie. È felice, ancora non sapeva tutta la merda che l'aspettava. Mi sento terribilmente in colpa. Chissà se potevo fare qualcosa...

Luigino se ne sta immobile di fronte alla porta del padiglione, se ne vuole andare, garantito. Bacio la mia mano prima di carezzare la foto di mia moglie, poi mi giro e cammino verso l'uscita. Faccio un fischio per chiamare quei due ed esco. Gli restituisco i cellulari, il mazzo di chiavi e li ringrazio per avermi fatto entrare.

«Questi sono due euro, andatevi a prendere un caffè alla mia salute.» M'incammino veloce e supero il cancello d'uscita, entro in macchina e parto piano piano. C'ho la tristezza nel cuore, terribile. Perciò non voglio venire al cimitero, ma mia madre non lo vuole capire. Luigino invece è stranamente sereno, sorridente. Mi guarda dritto negli occhi e provo un brivido dietro la schiena. Mi fa eccitare quando mi guarda così, non c'è niente da fare, questo figlio di zoccola è tutta la mia vita.

«Papà, vogliamo fare un inseguimento?»

Carmine Scognamiglio
Corso San Giovanni. Napoli
21 giugno 2013. Ore 14.00

Non ho capito bene con chi voleva parlare al telefono mio fratello, ma ho capito che devo aspettare perché il telefono non prende. Sto fumando una Marlboro nell'attesa e dalle vetrate del negozio lo vedo che taglia i capelli con un nervosismo che non aveva quando sono arrivato, ogni tanto prova a ricomporre il numero di telefono. Dai suoi gesti e da quelli dei suoi clienti, ho l'impressione che la discussione sia più animata di quella che ho interrotto con il mio arrivo, e il fatto che ogni tanto qualcuno si gira a guardarmi mi fa pensare che stanno parlando di me e di quello che mi è successo. Il dubbio diventa certezza quando Gino il chiattone con un gesto eloquente nella mia direzione m'invita a entrare.

Questo vizio di mio fratello è insopportabile, qualsiasi cosa gli vai a raccontare quando sta lavorando, diventa materia di discussione per tutti i presenti. Poi dipende dagli episodi, ce ne sono alcuni che diventano l'argomento di tutta la giornata, e non sia mai torna un cliente dopo qualche settimana e vuole sapere com'è andata a finire, si ricomincia a raccontare tutto nei minimi dettagli. Roba che la storia del cavalluccio rosso di *Così parlò Bellavista* è una sciocchezzuola al confronto. Non lo so se questo è un vizio solo di mio fratello o di tutti i barbieri del mondo, fatto sta che schiaccio il mozzicone sotto il piede ed entro nel negozio. Tanto ormai è chiaro che i cazzi miei sono quelli di tutti. Chissà se dovrò sentirmi più consigli su cosa fare o paternali per non aver fatto la cosa giusta, sicuramente tutti ne sapranno più di me.

Quando apro la porta del negozio le voci si sovrappongono, l'argomento ha scatenato scambi di opinioni feroci, sembra di stare in una di quelle trasmissioni locali sul Calcio Napoli in cui a un certo punto parlano tutti contemporaneamente e non si capisce più niente. Anche se quando prende la parola Gino, non parla più nessuno.

«Carminie', senti a me, hai fatto bene a dargli una capata in faccia. Anzi, sei stato un signore, io l'avrei intommato di mazzate.»

E via ancora con la trasmissione sul Napoli. Non lo so perché, ma questa gente sembra infuriata con Rino Petrone più di quanto dovrei esserlo io. Mio fratello, invece, non dice una parola. Taglia i capelli con nervosismo e di tanto in tanto compone ancora il numero del cellulare.

Non ho voglia di restare ancora per molto in questo salone a farmi giudicare, tanto nessuno dei presenti è in grado di dare consigli utili. Mi faccio venire un'idea e scappo.

«Io faccio un salto da Veronica.»

Ciro Incoronato
Asse mediano. Altezza Acerra-Nola
21 giugno 2013. Ore 15

È da un po' che non mi chiede di fare un inseguimento, da quando una stronza è andata alla polizia e il fatto è uscito su tutti i giornali. Per fortuna non ricordava né la macchina né il numero di targa e le denunce contro ignoti finiscono immediatamente in archivio.

La sua eccitazione mi mette felicità, non sento nemmeno il bisogno di farmi una bottiglietta, sto bene così. Cammino piano e butto l'occhio nelle auto alla ricerca della donna giusta da inseguire. Ne scarto almeno sei o sette prima di trovarla.

«Luigi', ti piace quella?»

Fa sì colla testa e sto a pensiero tranquillo: è lei. Scalo la marcia e mi piazzo dietro, la devo pedinare finché non arriva in una strada adatta, qui c'è troppo traffico. Intanto accendo lo stereo, Rosario Miraggio sta cantando *L'è decise già*. Canto pure io battendo a ritmo la mano sul volante e il piede sul tappetino, sembro un batterista.

L'è decise già / tu me vuò lassà /che cattiva sei / nun sai perdunà...

Ha fatto inversione a U all'altezza del confine tra San Giovanni e San Giorgio a Cremano e ha preso via Repubbliche Marinare in direzione Napoli centro. La situazione è complicata, questa non è l'ora indicata per fare un inseguimento, ci sta troppa luce. Allora continuo a seguirla, si fa tutta via Repubbliche Marinare fino a imboccare l'ingresso del raccordo autostradale. Spero non arrivi troppo lontano perché tra poco devo andare all'appuntamento co' Centogrammi, se faccio tardi chi cazzo lo sente. Per fortuna mette la freccia e imbocca l'asse mediano in direzione Acerra. Era meglio che non lo faceva. L'asse mediano è il posto migliore per inseguire, a un certo punto arrivi in mezzo alla campagna e per chilometri non ci sta nemmeno una casa. Voglio arrivare proprio là, dove ci sta solo la monnezza bruciata. Ho l'adrenalina che comincia a scorrere nelle vene. Accelero e mi avvicino alla macchina, superiamo l'uscita di Acerra e proseguiamo dritto per Nola. Fino ad Acerra s'incrocia ancora qualcuno perché ci sta il centro commerciale, ma da qui fino a Nola c'è solo la campagna. È il momento. Spengo lo stereo e accelero fino ad arrivare quasi addosso alla macchina che mi precede. Faccio i fari lunghi tre volte di seguito e suono il clacson. Lei mi guarda attraverso lo specchietto retrovisore. La saluto colla mano e sorrido. Mi manda *affanculo*. Rido e pure Luigino ride. Fa sempre quello che faccio io, che te lo dico a fare. Lei accelera ma si allontana di poco, troppo poco. Mi basta spingere un po' il pedale per ritrovarmi azzeccato di nuovo al suo culo. Avrà già cambiato espressione, la paura le fa diventare tutte uguali, colla stessa faccia, immagino il battito accelerato del loro cuore e quella sensazione di vuoto nello stomaco che provano. Mi eccito parecchio.

«Ti stai eccitando pure tu, a papà?»

Rendere felice mio figlio mi fa sentire potente, più di tutto il crack del mondo messo assieme. Faccio ancora i fari lunghi e suono il clacson. La vedo muovere le labbra e pure se non la sento, so cosa mi sta dicendo.

«Che voglio? Mo' te lo facciamo vedere noi che vogliamo. O no, Luigi'?»

Il figlio di zoccola mi fa segno di tamponarla.

«Ogni tuo desiderio è un ordine.»

Metto tutte e due le mani sul volante e accelero. Anche lei sta spingendo sull'acceleratore ed è riuscita a prendere un po' di distanza. Schiaccio il pedale a tavoletta. Come previsto la strada è un deserto, questo la fa andare molto veloce e mi sa che la sua macchina è più potente della mia. Si sta allontanando sempre di più. La sto perdendo di vista. Mi giro e vedo la faccia triste di Luigino, cazzo, non lo posso deludere. Faccio fatica a starle dietro. Non rallenta nemmeno quando ci sono le curve. Io lo devo fare per forza altrimenti 'sto cesso di macchina si ribalta e facciamo una brutta fine. Fa un caldo che si schiatta. Sto sudando. Devo fare qualcosa. Non posso sudare sennò arrivo da Centogrammi che puzzo. Lei non rallenta e mi costringe a stare a tavoletta. C'ho il volante che trema sotto le mani. Faccio i fari lunghi e suono il clacson. Poi smetto perché la sua macchina sbanda in una curva. Alzo immediatamente il piede dall'acceleratore e rallento. La luce dei suoi freni si accende, troppo tardi mia cara, hai già preso la curva troppo veloce. La macchina sbanda a destra e a sinistra, ha perso il controllo, garantito. Io scalo le marce e vado piano. La osservo da lontano che tocca il guardrail di destra e comincia a girare su se stessa. Come una trottola. Fino a toccare anche il guardrail di sinistra. Che botta! Fa ancora qualche giro e poi si ferma.

Cazzo, il testacoda più spettacolare che abbia mai visto. Accosto sulla destra. Guardo la faccia di mio figlio e mi commuovo a vederlo così felice. Lei, invece, non fa niente, non esce dalla macchina, non riparte, non si muove. Sarà svenuta.

«Luigi', hai visto che abbiamo combinato? Ci stiamo vendicando.»

Finalmente vedo comparire la testa della donna. Il testacoda l'avrà scaraventata sul sedile posteriore, stranamente sta seduta proprio lì. Non si volta indietro a guardare ma compone un numero al cellulare e poi l'accosta all'orecchio. La paura non la fa girare, succede sempre così, avverte che siamo ancora qui e non ha il coraggio di guardare. Sono indeciso se andarle incontro, puntarle il ferro in faccia e farmi dare il cellulare, oppure fare retromarcia e andarmene. Guardo l'orologio e m'accorgo che s'è fatto tardi, se perdo tempo co' lei non arriverò puntuale all'appuntamento. È il suo giorno fortunato.

Poco prima d'arrivare nel Bronx mi fermo in un bar per schiattarmi una bottiglietta e comprare il deodorante. Chissà Centogrammi cosa mi deve dire? Mi sta salendo un'ansia esagerata, non era mai successo che mi convocasse al di fuori dei combattimenti. Non è che mi vuole passare all'addestramento perché ha deciso di mandare *affanculo* Pallettone e Parulella dopo la stronzata del cane? No, non può essere questo, mi ha chiesto di andare da lui prima che succedesse il fatto. Cazzo, mi devo calmare, c'ho troppa ansia.

TRIBUNALE DI NAPOLI
SEZIONE MONOCRATICA
Procedimento penale n.1308/81 - Udienza del 14/12/2014

Procedimento a carico di – Scognamiglio Carmine – Escussione del teste: Corteccia Gennaro

Il teste dichiara la formula d'impegno.
Il Giudice invita il testimone a fornire le proprie generalità e questi risponde: «Corteccia Gennaro, nato a Napoli l'8 dicembre 1971».

GIUDICE – L'Avvocato può procedere all'esame del teste.
AVV. CASTELLANETA – Sig. Corteccia, lei è stato spettatore di un sinistro accaduto il 21 giugno 2013; ci può rappresentare come spettatore la reazione delle parti coinvolte, cioè il conduttore e il passeggero della macchina che ha causato l'incidente e se sono scesi dall'auto, se si sono parlati, cosa si sono detti, se hanno prestato assistenza?
GIUDICE – Avvocato, chiedo scusa. Una domanda per volta, anche perché altrimenti confondiamo il teste. Cominciamo con il chiedergli se ha assistito a un incidente stradale, quando e dove.
DICH. – Stavo chiudendo il mio bar, sito in via Circumvallazione esterna, e ho visto due macchine che s'inseguivano.
AVV. CASTELLANETA – Come fa a dire che s'inseguivano?
DICH. – Perché quella dietro era attaccata a quella davanti a una velocità elevata. Sembrava quasi che la stesse spingendo.

AVV. CASTELLANETA – Ricorda quale fosse la macchina che inseguiva e quale quella che veniva inseguita?
DICH. – Sì, era una Fiat Tipo grigia che inseguiva una Citroën C3 blu.
AVV. CASTELLANETA – Il suo bar si trova nella direzione di marcia del sinistro?
DICH. – No, nella direzione opposta. Dopo che ho sentito l'impatto, per vedere meglio quello che succedeva sono salito su una fioriera che sta fuori al bar.
AVV. CASTELLANETA – Era solo?
DICH. – No, c'era mia moglie nel bar.
GIUDICE – Avvocato, chiedo scusa. Facciamo un passo indietro. Lei ha detto che ha solo sentito l'impatto?
DICH. – Sì, come le dicevo, stavo chiudendo il bar quando ho visto le due macchine che s'inseguivano, ho pensato fosse una rapina e sono entrato all'interno del bar per avvisare mia moglie di non uscire. Da dentro ho sentito il rumore dell'impatto. Quando sono uscito, ho visto la Citroën blu sulla cunetta contro il palo e la Fiat Tipo grigia ferma in mezzo alla strada.
GIUDICE – Quindi non ha visto come si è arrivati all'impatto, giusto?
DICH. – No, non l'ho visto.
GIUDICE - Che cosa ha visto dopo aver sentito l'impatto, quando è uscito dal bar?
DICH. – Ho visto che dalla Fiat Tipo è uscito un ragazzo che è corso sulla cunetta verso la Citroën.
AVV. CASTELLANETA – Ha dichiarato di aver riconosciuto quel ragazzo come il Sig. Scognamiglio, giusto?
DICH. – Sì, certo.
AVV. CASTELLANETA – Prosegua.
DICH. – Dicevo, ho visto quel ragazzo correre verso la Citroën e guardare all'interno dell'abitacolo. Poi ha urlato all'altro di dargli una mano. Dalla Fiat Tipo è uscito anche l'altro...

AVV. CASTELLANETA – Che ha riconosciuto come il Sig. Incoronato Ciro, giusto?
DICH. – Sì, giusto. L'altro impugnava una pistola e si guardava intorno, poi ha urlato al ragazzo di tornare indietro.
AVV. CASTELLANETA – E il Sig. Scognamiglio cosa ha fatto?
DICH. – È rimasto vicino alla Citroën e gridava di aiutarlo.
GIUDICE – Lei era solo in strada?
DICH. – Sì, mia moglie è rimasta nel bar.
GIUDICE – Non è passata nessun'altra autovettura?
DICH. – No, nessuna.
AVV. CASTELLANETA – Cos'è successo dopo?
DICH. – Ho visto quello con la pistola raggiungere di corsa la cunetta e minacciare il ragazzo. Gli ha puntato l'arma contro e l'ha costretto a ritornare in macchina. Poi sono ripartiti.
AVV. CASTELLANETA – Chi si è messo alla guida della Fiat Tipo?
DICH. – Quello con la pistola.
AVV. CASTELLANETA – Lo stesso che guidava al momento del sinistro, giusto?
DICH. – Sì, ho visto lui scendere dall'auto dal lato guida.
AVV. CASTELLANETA – Va bene, non ho altre domande per il teste.
GIUDICE – Il Pubblico Ministero, prego.
PUBBLICO MINISTERO – Poche domande. Lei ha detto di aver visto e sentito tutto dal lato opposto della strada, giusto?
DICH. – Sì.
PUBBLICO MINISTERO – Saprebbe dire quanto è distante il suo bar dal punto preciso del sinistro?
DICH. – Circa dieci metri.
PUBBLICO MINISTERO – Lei ha la patente?
DICH. – No, mi è stata revocata.
PUBBLICO MINISTERO – Ci può dire perché?
DICH. – Perché ho avuto dei problemi alla vista a causa di un infortunio sul lavoro.

PUBBLICO MINISTERO – I requisiti previsti dalla legge sono: 10/10 complessivi con 2/10 per l'occhio che vede meno, raggiungibile con qualsiasi correzione di lenti.

Se non ha la patente perché non ha questi requisiti, come ha fatto a vedere il fatto avvenuto a circa dieci metri di distanza da lei?

DICH. – Io ho visto e sentito quello che ho dichiarato.

PUBBLICO MINISTERO – Bene, non ho altre domande per il teste, Giudice.

AVV. CASTELLANETA – Posso fare una sola domanda al teste?

GIUDICE – Prego.

AVV. CASTELLANETA – Lei conosceva già il Sig. Scognamiglio prima del sinistro?

DICH. – No, non l'ho mai conosciuto.

AVV. CASTELLANETA – Grazie, Sig. Giudice.

GIUDICE – Può andare, grazie.

DICH. – Grazie e arrivederci.

GIUDICE – Arrivederci.

NON CI SONO ALTRE DOMANDE.

IL TESTE SI PUÒ ACCOMODARE.

Ciro Incoronato
Bronx e Porto di Napoli varco Bausan
21 giugno 2013. Ore 15.15

Quando arrivo a casa di Centogrammi sono un leone e profumo d'Infasil appena spruzzato. M'accoglie come sempre la moglie, gli altri mi stanno aspettando nello studio. Per poco non mi piglia un infarto. Da quando lavoro co' Centogrammi non ho mai avuto l'onore di entrare nello studio, che vuol dire molto, perché là dentro si decidono le cose che contano e ci possono entrare solo i collaboratori stretti. Mi tremano le gambe. Vorrei godermi la reazione di mio figlio ma il corridoio è vuoto. Dove cazzo sta?

Quando la signora apre la porta dello studio e li vedo tutti lì, seduti intorno alla scrivania, mi sento di svenire. Centogrammi mi fa segno di entrare. Mi siedo nell'unica poltrona vuota che evidentemente stava aspettando proprio il mio culo. Non ci posso credere, c'ho una botta di calore che mi vorrei spogliare e restare solo colla mutanda. Meno male che mi sono fatto una bottiglietta prima di venire, sennò come cazzo facevo ad affrontare questa situazione?

Pallettone e Parulella c'hanno la faccia tumefatta, hanno pigliato una bella mazziata per la stronzata del cane, che te lo dico a fare.

«Ciruzzo bello, siamo tutti riuniti perché ti vogliamo far sentire la vicinanza della famiglia. Quello che ti è successo, è stata una disgrazia, ma è proprio in questi momenti drammatici che c'è bisogno del calore familiare. Un padre deve stare vicino al figlio, lo deve sostenere.»

Mi parla colla sigaretta in mezzo ai denti e sarà l'emozione ma non sto capendo un cazzo. Tutti gli altri fanno sempre sì colla testa.

«Oggi ti voglio dimostrare quanto sei importante per tuo padre. Ho aspettato che ti riprendessi un po', subito dopo l'incidente eri troppo provato psicologicamente, o mi sbaglio?»

Mi fa credere che aspetta una risposta e provo a giustificarmi.

«Non devi parlare quando parlo io.»

Mi mortifico e alzo una mano per chiedere scusa.

«I problemi non si risolvono con quella merda che ti fumi, quello è solo un inganno. I problemi si risolvono con i fatti. Perciò ti voglio aiutare concretamente.»

Mannaggia san Gennaro, non sto capendo niente. Dove vuole arrivare? Infilo una mano in tasca e sfioro la bustina coi cristalli nella speranza che basti per aiutarmi a capire. Lui si alza dalla poltrona dietro la scrivania e scopro che aveva un cucciolo di leone sulle gambe. Lo poggia sulla scrivania e cerca qualcosa nelle tasche. Il cucciolo fa un passo prima di saltare nella mia direzione. Per fortuna sono solo seduto accanto al divano su cui c'è un peluche che comincia a squartare. Il leone fa una sfaccimma di paura pure quand'è cucciolo.

«Questi sono i tuoi soldi, mi piglio i duecento euro che mi devi.»

Sfila quattro biglietti da cinquanta e mi porge il resto. Allungo la mano e quando li ho afferrati, lui non li lascia.

«Non mi raccontare mai più una bugia, è chiaro?»

S'infila i duecento euro in tasca e si riaccomoda sulla poltrona. Fa un fischio al cucciolo di leone che per tornare dal suo padrone mi cammina sulle gambe. Che cazzo di paura.

«Anche perché oggi farai una cosa importante, e se va bene, sarà il tuo ingresso in questa famiglia. Io, dei figli miei, mi devo fidare.»

Micione mi lancia una tuta da lavoro uguale a quella che indossa lui mentre Centogrammi s'accende un'altra sigaretta col mozzicone di quella che ha appena finito. Tutti gli altri sono in silenzio mentre m'infilo la tuta, si sente solo il rumore delle unghie del cucciolo che stridono sul vetro della scrivania. Appena ho finito, Micione prende due caschi integrali e me ne passa uno.

«Tornate a casa presto, figli miei, vi aspetto sveglio.»

Non ho capito un cazzo di quello che dobbiamo fare ma mi pare una cosa molto importante. Mi dispiace solo che non ci sta mio figlio, sennò sai come sarebbe fiero di me. Intanto siamo usciti dal palazzo e abbiamo raggiunto un garage. Micione ha aperto la saracinesca e ha tirato fuori uno Yamaha T Max, bellissimo.

«Ciru', piglia 'a machina e seguimi.»

Andiamo a prendere il raccordo dell'autostrada e giriamo in direzione Salerno. All'altezza di Ponticelli lo vedo che accosta in una piazzola di emergenza.

«Posa la macchina e vieni con me.»

Scendo dalla macchina e salgo in sella allo scooter al posto di guida. Micione s'è spostato indietro e mi ha fatto capire che devo guidare. Mi sento forte, bello, potente. È uno sballo guidare questo mostro. Usciamo dall'autostrada e ci mettiamo su via Galileo Ferraris in direzione Napoli.

«Ciru', ce la facciamo una bottiglietta?»

Sto per rispondere d'istinto ma mi fermo in tempo. Può essere una trappola, che te lo dico a fare.

«Mi dispiace Micio', non tengo niente.»

«Non lo pensare a Centogrammi, facciamoci una bella bottiglietta.»

Micione si vuole troppo fare, non può essere una trappola. Poco prima del porto ci fermiamo in un bar e compriamo una bottiglietta. Arriviamo sotto un cavalcavia nei pressi del varco Bausan e ci fermiamo senza spegnere il motore e senza scendere dal mezzo.

«Forza, prepara 'sta bottiglietta che teniamo al massimo dieci minuti.»

Non me lo faccio ripetere due volte e mi metto all'opera. Come sempre questa merda subito ci va in testa.

«Micio', ma che dobbiamo fare?»

«Un bel regalo a Centogrammi. Per adesso togliamo di mezzo la ragazza che l'ha denunciato.»

«L'ha denunciato, e perché?»

«Perché ha scoperto che faceva le cose sporche colla figlia che tiene dodici anni.»

A Centogrammi gli sono sempre piaciute le ragazzine, è vero. Dice che preferisce la carne giovane che profuma di fresco a quella stantia delle zoccole che prendono cazzi a destra e a sinistra. Ho finalmente capito il motivo per cui sta agli arresti domiciliari, m'ero fatto mille pensieri ma non potevo mai arrivare a questo.

«Domani c'è il processo. Gliel'ho consigliato io di fare così, di me si fida. Di sicuro lei non parlerà. Ma dopo quello che faremo, Centogrammi si ritroverà addosso tutte le guardie d'Italia.»

Micione sta tutto fatto, non si rende conto di quello che dice. Secondo me non è abituato a questa roba, però gli è piaciuta, si vede.

«Eccola qua, è questa macchina blu. Ciru', appena si avvicina ti butti in mezzo alla strada e la blocchi.»

Micione mi ordina di infilare il casco e lo faccio senza fiatare. Lui fa lo stesso. Guardo nello specchietto retrovisore e la vedo sempre più vicina. Avverto il movimento della sua mano che mi sfiora la schiena e capisco che sta sfilando qualcosa dalla tuta. Poi mi urla di partire. La voce arriva forte anche se ovattata dal casco integrale. Mollo la leva del freno e giro il manicotto dell'acceleratore. Lo scooter parte a razzo e si piazza preciso in mezzo alla strada. Faccio giusto in tempo a girare la testa per vedere Micione puntare il ferro verso la macchina. Ci vuole un attimo per sparare quattro colpi con una semiautomatica, nemmeno te ne accorgi. In quell'attimo il corpo della donna alla guida s'è piegato in avanti sul volante. Al suo fianco c'è una bambina, cazzo.

Giro il manicotto dell'acceleratore e riparto. Faccio zig zag tra le macchine e sfilo veloce verso l'autostrada. Micione sta imprecando perché non aveva previsto la presenza della bambina. A me, invece, la scena m'ha fatto pensare a mia moglie e al figlio di zoccola, quanto cazzo si somigliavano. Mi ricordo che una volta andammo a mangiare il gelato da Ciro a Mergellina e gli feci un video col telefonino perché era impressionante come mangiavano il gelato allo stesso modo. Mi sento troppo in colpa, cazzo.

Imbocco l'autostrada e vado veloce sulla corsia di sorpasso. Prendo la direzione Salerno e mi fermo alla piazzola di emergenza nei pressi di Ponticelli. Micione mi ordina di prendere la macchina e di seguirlo. Usciamo dall'autostrada e prendiamo la sopraelevata in direzione di Pomigliano d'Arco. A un certo punto gira in una campagna e poco dopo ferma lo scooter. Nel vano sotto la sella c'è un sacchetto di plastica pieno di benzina, Micione lo svuota sullo scooter e gli dà fuoco. Dopo qualche istante sento il rumore dello sportello che si apre e lo vedo entrare in macchina.

«Forza, jammuncenne.»

Dallo specchietto retrovisore vedo lo scooter andare in fiamme ma quello che più mi manda il cuore per aria è la faccia di Luigino. Mi giro di scatto e lo trovo seduto sul sedile di dietro colle mani a tapparsi le orecchie e gli occhi serrati.

«Che è successo?» mi chiede Micione sorpreso dal mio gesto, poi si sfila il casco e si sistema i capelli nello specchio sotto il parasole.

«Niente, Micio'. Niente.»

«È una settimana che la pediniamo 'sta stronza, torna sempre sola dal lavoro, mo' che cazzo ci faceva insieme alla figlia?»

«Ma l'hai colpita?»

«Spero di no. Che ci azzecca quella povera anima di Dio? Fermati a quel bar.»

Appena scende ne approfitto e mi volto verso il sedile posteriore. Luigino ha cambiato posizione, ora ha la testa girata verso la strada e piange, come al solito senza far rumore, si vedono solo le lacrime sulle guance e la bocca che si contorce in quella solita smorfia. Tutte le volte che lo vedo così mi sento debole. Sono un padre di merda e dovrei dire qualcosa ma non so che cazzo dire. Poi, all'improvviso, mi viene l'illuminazione.

«Luigi', a papà, ma stai dispiaciuto per la bambina?»

Lui fa sì colla testa e sto a pensiero tranquillo, ho azzeccato ancora.

«Ma non è detto che l'ha colpita, quello sa sparare, tiene la mira buona.»

Intanto Micione sta tornando in macchina con una bella bottiglietta.

«Appena trovi un posto buono fermati, così ci schiattiamo la testa prima di tornare da Centogrammi.»

Carmine Scognamiglio
Corso San Giovanni. Napoli
21 giugno 2013. Ore 15.30

Non avrei resistito un minuto in più nel salone di mio fratello, davvero non ho idea di come possa sopportare tutto il giorno le stronzate dei suoi clienti. Vago in sella alla vespa per le strade di San Giovanni e mi sento leggero, come se non fosse un problema così grave il mio licenziamento. Mi sembra di essere tornato ai tempi della scuola, quando tutto era più semplice, quando con Biberon facevamo filone e vivevamo la città da clandestini. Quanto mi piacerebbe avere una bacchetta magica per poter tornare indietro di una quindicina d'anni. Non per cambiare chissà cosa della mia vita, ma solo per credere ancora che basti saper fare certe cose per essere felici. Quelle cose che poi nel tempo si sono rivelate assolutamente inutili, tipo saper strimpellare alla chitarra *Napul'è* di Pino Daniele per conquistare la ragazzina di turno al falò di ferragosto, o chiudere una canna con il sistema a L, o truccare il motorino con una marmitta Giannelli per farla rombare come fosse una Harley-Davidson, o farsi regalare gli slip dalle ragazze che rimorchiavi per fare a gara con i tuoi amici. Che poi, a pensarci bene, anche quelli erano problemi seri. Serissimi. Gli slip delle ragazze, che ossessione. Non ero il tipo di adolescente che rimorchiava facilmente, sarà perché mi perdevo nelle mie fantasie erotiche e il bagno di casa se potesse parlare ne avrebbe di storie da raccontare, ma ero costretto a comprare gli slip, dargli una «vita» e poi fingere di averli conquistati. I miei amici ci credevano, o ci volevano credere. A quell'età gli amici sono una parte fondamentale della vita, anche più dei genitori, dei fratelli, delle fidanzate, sono testimoni di una sacralità che ha senso solo allora. Quando s'incontrano da adulti due amici che hanno passato insieme l'adolescenza, non fanno altro che ricordare i vecchi tempi, come se il presente non fosse più un tempo utile per vivere sereni, spensierati, senza problemi. Quanto mi manca l'adolescenza.

I miei pensieri s'interrompono di colpo quando vedo l'insegna luminosa del centro estetico in cui lavora Veronica. Ci siamo messi insieme che avevo diciannove anni e tra «lascia e prendi» siamo arrivati a festeggiare i dieci anni di fidanzamento. Ora si parla concretamente di matrimonio ma non sono così convinto di abbandonare il tetto materno. Tra l'altro ci sarebbe da affrontare la questione licenziamento che cambia completamente la situazione. Parcheggio la vespa sul marciapiede davanti all'ingresso del centro e la lego al palo, dopo l'imprevisto di stamattina sono premuroso. Le porte scorrevoli si aprono e appena dentro m'investe un odore dolciastro di crema alla vaniglia. Maria si sta limando le unghie dietro la cassa.

«Buongiorno, Mari', mi chiami Veronica per favore.»

Alza svogliata il telefono e annuncia il mio arrivo. Con discrezione le guardo la scollatura, lascia i primi bottoni del grembiule aperto in modo che si possa vedere bene il decolleté. Se n'è accorta, mi lancia certi sguardi da gatta morta. Sia chiaro, non ho mai tradito Veronica, tranne che con il pensiero, quello è successo un miliardo di volte in questi dieci anni. La vedo che mi raggiunge tutta trafelata.

«Che è successo, amo'?»

«Niente.»

«Come niente? Perché non sei a lavoro?»

Che coglione, come ho fatto a non pensarci prima? Non dovevo venire qui. Ai tempi della scuola ero più sveglio, se facevo filone non andavo sul posto di lavoro di mia madre per far passare il tempo. Ora devo inventarmi una scusa e sto già prendendo troppo tempo, se la conosco bene tra un paio di secondi si trasforma nel Commissario Montalbano.

«Sciopero.»

È l'unica parola che mi esce veloce dalla bocca.

«'Sto fatto della cassa integrazione, del taglio del personale, insomma, ci siamo fatti sentire un po'.»

«Non è che passate un guaio?»

«Ma figurati...» dico con una sensazione di vuoto nello stomaco. Lei si è convinta e mi bacia sulla bocca.

«Sei passato da tuo fratello? Sento l'odore di quella schifezza che spruzza nei capelli.»

Come potrei mai tradire un cane da tartufo? Le dico

istintivamente che sono passato per raccontargli di Migliaccio ma faccio un mezzo guaio, questa storia potrebbe insospettirla. Per fortuna ha altro per la testa e forse non mi sente nemmeno. Mi guarda con quegli occhi malandrini di quando mi deve dire qualcosa che potrebbe farmi arrabbiare, anche se a dirla tutta, non mi arrabbio quasi mai. È una scena che fa per rispettare i ruoli uomo-donna, poi è lei che decide sempre tutto e io mi adeguo.

«Amo', stamattina è venuto quel cliente che ha l'agenzia di viaggi a Napoli, te lo ricordi?»

«Sì», le rispondo con il terrore nella voce, la parola «agenzia di viaggi» nella bocca di Veronica suona come un allarme antisismico.

«Ha detto che ha un'offerta per andare una settimana a Sharm el Sheikh, l'hanno presa tutti e l'ho presa pure io, così festeggiamo i dieci anni, che dici?»

Ecco la prima scossa di terremoto. Forte. Fortissima.

«E quanto costa?»

«600 euro tutto compreso.»

«A testa?»

«No, tutti e due. Te la puoi prendere una settimana di ferie?»

«Per questo non c'è proprio problema.»

Dovrei trovare il coraggio di dirle la verità, ma non siamo nel luogo adatto per farlo e soprattutto non mi pare il caso dopo quello che mi ha appena detto. Abbozzo un sorriso che Veronica vuole interpretare come un sì, e mi salta addosso stampandomi un altro bacio sulla bocca. Dovrei ricambiare tutto questo entusiasmo ma non ne sono proprio in grado. Mi salva la suoneria del telefonino. Guardo il display e ci leggo il nome di mio fratello.

«Sasà, dimmi.»

«Vieni subito qua, ho parlato con il mio amico, ora facciamo scatenare l'inferno.»

Ciro Incoronato
Bronx. San Giovanni a Teduccio
21 giugno 2013. Ore 16

Soltanto adesso mi sto rendendo conto di quello che abbiamo fatto. Centogrammi ha stappato una bottiglia di champagne e l'ha versato nei bicchieri. Abbiamo brindato e buttato giù il Clicquot come fosse acqua fresca. Per la prima volta da quando lavoro co' lui sono veramente parte di questa famiglia e vorrei tanto che ci fosse mio figlio co' me per farlo sentire orgoglioso di suo padre. Centogrammi m'ha fatto i complimenti e ha detto che da oggi in poi mi devo scordare di andare a buttare i cani nella monnezza o di tutto quello che facevo fino a stamattina. Poi m'ha preso la testa da dietro e m'ha avvicinato l'orecchio alla sua bocca.

«E ti devi scordare pure quella merda che ti fumi.»

Continuiamo a bere e ci scoliamo tutta la bottiglia, c'è un'aria di felicità che s'interrompe di botto coll'ingresso della moglie nella stanza.

«Centogra', appiccia 'a televisione sopra a rai3.»

Il silenzio cala improvvisamente nella stanza, siamo tutti impegnati a guardare i movimenti nervosi di Centogrammi alla ricerca del telecomando. Si sente solo il rumore delle unghie del cucciolo di leone che graffiano il parquet. Al TG regionale parlano dell'omicidio e ci sono le immagini della macchina blu che io e Micione riconosciamo benissimo. Ci sta un sacco di polizia intorno, un'ambulanza e una folla di curiosi. In un riquadro in alto, nel lato destro dello schermo, ci sta la foto della donna affianco a quella di Centogrammi. Il giornalista sta parlando del processo che ci sarà domani e dice che per la polizia c'è un nesso coll'omicidio.

«Venitemi a pigliare, vi sto aspettando. Non tenete manco mezza prova, uommene 'e merda. Mo' uscite tutti quanti, forza, voglio restare solo.»

Cazzo, speriamo che co' questa storia non passiamo un guaio. Appena usciamo dal palazzo di Centogrammi avvicino Micione e gli faccio presente la mia preoccupazione. Lui mi prende la testa colla mano e avvicina la mia fronte alla sua.

«Centogrammi è finito. È tutto finito, Buttiglie'.»

Non sto per niente a pensiero tranquillo. Entro in macchina e parto sgommando. Guardo la faccia di Luigino nel riflesso del finestrino e cerco le parole per raccontargli quello che è successo. Non faccio in tempo perché sento lo squillo del cellulare. Sul display ci sta scritto SASÀ.

«Uè, frate', tutto a posto?»

Carmine Scognamiglio
Nei pressi del corso San Giovanni. Napoli
21 giugno 2013. Ore 16.30

Parcheggio la vespa fuori al negozio. Sasà chiacchiera con un tizio appoggiato a una macchina. Mi fa segno di raggiungerlo e a pochi passi da loro lo riconosco. Ciro Incoronato, alias Ciruzzo Buttigliella. Il soprannome gli è stato affibbiato perché si fa di crack, e da queste parti lo fumano utilizzando le bottigliette d'acqua da mezzo litro al posto delle pipe. Ciruzzo è un vecchio amico di Sasà, mio padre non voleva che lo frequentasse e ogni volta che dal balcone li vedeva insieme scendeva di corsa e faceva delle sceneggiate memorabili.

«Te lo ricordi a Carmine?» gli fa mio fratello mentre mi passa una mano sulla spalla e mi stringe a sé con una possessività che non gli appartiene.

«Come non me lo ricordo, s'è fatto gruosso, eh?»

Ciruzzo ha una voce rauca che fa impressione solo a sentirla, credo sia merito del crack. È un personaggio che eviterei volentieri se dovessi incrociarlo sulla mia strada. Ha la maglietta completamente fradicia di sudore, due occhi che sembrano quelli di Jack Nicholson nel film *Shining* e una serie di piccole ferite a sangue sulla faccia, le braccia, il collo, insomma, niente di rassicurante. Purtroppo per me, mio fratello non è della mia stessa idea.

«Ho raccontato a Ciruzzo quello che ti è successo, mo' ti vai a fare un giro con lui, così gli fai vedere dove sta la fabbrica.»

Non capisco qual è il piano. Vorrei dirgli che sono molto preoccupato ma non trovo il tempo giusto per farlo. Sasà apre lo sportello della Fiat Tipo grigia e mi spinge dentro. Nell'abitacolo c'è un misto di puzze che fa vomitare.

«Carmine, mi raccomando, non fare sciocchezze.»

Invece di rispondergli, penso a quali potrebbero essere le sciocchezze da commettere al cospetto di quest'animale al mio fianco, al cui confronto sembro un salmone controcorrente che sta per essere divorato da un orso. Mio fratello ci saluta e Ciruzzo parte sgommando. Accende lo stereo e parte a palla una canzone di un neomelodico, che l'animale comincia a cantare portando il ritmo con la mano sul volante e voltandosi continuamente a guardare il sedile posteriore. Una volta ho visto un documentario in cui il giornalista girava per le favelas di Rio de Janeiro a intervistare dei tizi assurdi che fumavano crack dalla mattina alla sera, Ciruzzo sembra uno di loro. Ancora faccio fatica a capire perché mio fratello mi ha spinto in macchina con quest'individuo, troppe cose non mi sono chiare, ma non ho fatto molto per cercare di capire, anzi, non ho fatto proprio niente. L'unica cosa che ho capito è il senso di questa spedizione: dare una lezione a Rino Petrone. Maledetto me e il momento in cui ho deciso di passare da mio fratello, ma non potevo mai prevedere che si facesse venire in mente un'idea del genere.

«Carminie', non canti? Non ti piace Raffaello?»

Ciruzzo ha due occhi che fanno davvero impressione, sono rossi e spiritati, gli sorrido e dico che mi piace molto. Accenno a cantare anche se non conosco nemmeno una parola, è la prima volta in vita mia che ascolto una canzone di Raffaello, fino a ora per me era solo il nome di un famoso pittore.

E se guardi su non vedi più le nuvole / sembra un arcobaleno / una storia colorata quest'amore zuccherato per noi due...

Per fortuna dopo qualche strofa abbassa la voce dello stereo e accosta per fare benzina. Almeno è quello che ho pensato quando l'ho visto girare all'interno di un distributore, invece ha superato le pompe e ha parcheggiato vicino a un gabbiotto.

«Aspettami qua, faccio subito.»

Lo vedo avvicinarsi al proprietario del distributore impegnato a fare dei conti. Parlano di qualcosa che non riesco a sentire, poi a un certo punto Ciruzzo m'indica ed entrambi mi guardano.

Non è tanto il sentirmi osservato che mi fa distogliere lo sguardo, piuttosto la vergogna di trovarmi insieme a lui, di essere considerato come lui. Non è una questione di razzismo, non mi piace essere scambiato per quello che non sono.

«Carminie', mantieni 'sta cosa.»

Apre lo sportello dal mio lato e mi passa una tanica da venti litri piena di benzina. Immediatamente la puzza invade l'abitacolo. Non so perché, ma ogni minuto vissuto in sua compagnia, sembra peggiore di quello appena passato.

Appoggio la tanica sul tappetino facendo attenzione a non sporcarmi i jeans. Ciruzzo è risalito in macchina, ha messo in moto ed è partito sgommando come al solito.

«Carminie', dove si trova di preciso 'sta fabbrica?»

«A Villaricca. Sulla strada degli americani. Ma perché, che vuoi fare?»

TRIBUNALE DI NAPOLI
SEZIONE MONOCRATICA
Procedimento penale n.1308/81 - Udienza del 14/12/2014

Procedimento a carico di – Scognamiglio Carmine –
Escussione del teste: Parascandalo Domenico

Il teste dichiara la formula d'impegno.
Il Giudice invita il testimone a fornire le proprie generalità e questi risponde: «Parascandalo Domenico, nato a Napoli il 26 marzo 1994».

GIUDICE – L'Avvocato può procedere all'esame del teste.
AVV. CASTELLANETA – Sig. Parascandalo, lei ricorda di aver incontrato i Sig.ri Scognamiglio e Incoronato il 21 giugno 2013?
DICH. – Sì, me lo ricordo.
AVV. CASTELLANETA – Ricorda dove?
DICH. – Al Bingo di Villaricca.
AVV. CASTELLANETA – Ci può riferire le modalità del vostro incontro?
DICH. – Io ero insieme ad altri amici nel parcheggio del Bingo quando ho visto arrivare la Fiat Tipo grigia che ha parcheggiato vicino all'ingresso. Dalla macchina è sceso uno dei due e si è avviato all'ingresso del Bingo.
AVV. CASTELLANETA – Quello che è uscito dalla macchina lo ha riconosciuto come il Sig. Incoronato, giusto?
DICH. – Giusto.
AVV. CASTELLANETA – Da quale lato è sceso il Sig. Incoronato?

DICH. – Dal lato guida.
AVV. CASTELLANETA – Bene, vada pure avanti.
DICH. – L'ho visto entrare nel Bingo mentre l'altro aspettava in macchina.
AVV. CASTELLANETA – Ha notato qualcosa di strano?
DICH. – No.
AVV. CASTELLANETA – Prego, continui.
DICH. – Poco dopo ho visto Incoronato ritornare in macchina di corsa. L'ho visto che si agitava e parlava.
AVV. CASTELLANETA – Si agitava e parlava con il Sig. Scognamiglio?
DICH. – Era una situazione strana, perché parlava e gesticolava girato verso il sedile di dietro mentre l'altro gli era a fianco.
GIUDICE – Ci faccia capire meglio, chi parlava rivolto verso il sedile posteriore?
DICH. – Quello che era entrato nel Bingo.
AVV. CASTELLANETA – Il Sig. Incoronato?
DICH. – Sì.
AVV. CASTELLANETA – E il Sig. Scognamiglio era seduto al sedile del passeggero?
DICH. – Sì.
AVV. CASTELLANETA – Quindi, secondo lei, il Sig. Incoronato con chi parlava?
DICH. – Non lo so, mi pareva che parlasse da solo, perché quello al suo fianco stava girato avanti.
AVV. CASTELLANETA – Va bene. Poi cosa è successo?
DICH. – Dopo un po', Incoronato si è girato e ha messo in moto, proprio in quel momento ho visto l'altro aprire lo sportello e scappare.
AVV. CASTELLANETA – Il Sig. Scognamiglio è scappato?
DICH. – Sì. A quel punto è sceso dalla macchina anche Incoronato che ci ha urlato di aiutarlo perché gli aveva rubato il telefonino.
AVV. CASTELLANETA – Chi ha urlato per essere aiutato?
DICH. – Incoronato, quello che guidava.
AVV. CASTELLANETA – E poi?

DICH. – Io e i miei amici lo abbiamo raggiunto.

AVV. CASTELLANETA – A chi?

DICH. – A Scognamiglio.

AVV. CASTELLANETA – Parli sempre nel microfono, rivolto al tribunale, grazie.

DICH. – Abbiamo raggiunto a Scognamiglio e lo abbiamo bloccato perché credevamo fosse un ladro. Poi è arrivato l'altro, Incoronato, e ci ha detto di lasciarlo a lui.

AVV. CASTELLANETA – E voi l'avete fatto?

DICH. – Sì. Quello l'ha alzato per la maglietta e l'ha portato in macchina, e se ne sono andati.

AVV. CASTELLANETA – Il Sig. Incoronato aveva una pistola?

DICH. – Non l'ho vista.

AVV. CASTELLANETA – Quando sono ripartiti, chi era alla guida?

DICH. – Quell'altro, Incoronato.

AVV. CASTELLANETA – Ok. Non ho altre domande, grazie.

GIUDICE – Il Pubblico Ministero, prego.

PUBBLICO MINISTERO – Non vi siete accertati se davvero il Sig. Scognamiglio avesse rubato un telefonino?

DICH. – No.

PUBBLICO MINISTERO – Come mai?

DICH. – Non lo so, io non ci ho pensato.

PUBBLICO MINISTERO – Voi acciuffate un ladro e non vi preoccupate della refurtiva ma solo di aggredirlo?

DICH. – Sì.

PUBBLICO MINISTERO – Non le sembra un comportamento strano?

DICH. – Noi ci stavamo annoiando, questa cosa che è successa ci ha fatto divertire un po'.

PUBBLICO MINISTERO – Lei il 21 giugno 2013 era in stato di libertà esattamente da una settimana, giusto?

DICH. – Sì.

PUBBLICO MINISTERO – Ci può dire come mai era stato arrestato?

DICH. – Uso e detenzione di stupefacenti.
PUBBLICO MINISTERO – Che tipo di stupefacenti?
DICH – MDMA.
PUBBLICO MINISTERO – Ne aveva fatto uso quella sera prima dell'avvenimento?
DICH. – Sì.
PUBBLICO MINISTERO – Lei ha dichiarato di aver visto anche la Citroën C3 blu con a bordo le due ragazze, giusto?
DICH. - Sì, l'ho vista quand'è arrivata nel parcheggio del Bingo e poi quando se n'è andata.
PUBBLICO MINISTERO – Quand'è che ha visto la Citroën lasciare il parcheggio?
DICH. – Poco dopo questo fatto.
PUBBLICO MINISTERO – Quale fatto?
DICH. – Il fatto che abbiamo preso a Scognamiglio.
GIUDICE – Ci faccia capire, lei mentre aggrediva Scognamiglio ha visto andare via dal parcheggio la Citroën con le due ragazze?
DICH. – No, l'avevamo già lasciato a Scognamiglio. L'ho vista andare via mentre tornavo a sedermi vicino all'ingresso del Bingo.
GIUDICE – Quindi la macchina con le ragazze ha lasciato il Bingo prima della Fiat Tipo?
DICH. – Questo non me lo ricordo di preciso.
PUBBLICO MINISTERO – Però ricorda che hanno lasciato il parcheggio a breve distanza di tempo?
DICH. – Sì.
PUBBLICO MINISTERO – Ha notato se si conoscevano? Se ci fosse un rapporto tra le ragazze della Citroën e i signori della Fiat Tipo?
DICH. – No, non l'ho notato.
PUBBLICO MINISTERO – Non ho più domande, Giudice.

NON CI SONO ALTRE DOMANDE.
IL TESTE SI PUÒ ACCOMODARE.

Carmine Scognamiglio
Circumvallazione esterna. Villaricca
21 giugno 2013. Ore 17.15

La Petrone Porte nasce negli anni '70. Il fondatore è don Antonio, un falegname che aveva la testa da imprenditore e le mani da artigiano. Dalla sua piccola bottega in dieci anni è riuscito a costruire un'azienda specializzata nella costruzione di porte e finestre, una potenza a Napoli e in tutta la Campania. Don Antonio è morto cinque anni fa e il suo più grande rammarico è stato quello di non essere riuscito a insegnare al figlio né l'arte imprenditoriale né quella artigianale. Rino Petrone in cinque anni ha distrutto un impero. Ciuccio e presuntuoso.

Il mio licenziamento, quello di Migliaccio e di tanti altri poveri cristi come noi, sono il risultato della sua incapacità. Nonostante ciò non sono sicuro che l'idea di mio fratello sia stata geniale. Il coinvolgimento in questa storia di Ciruzzo Buttigliella non mi sembra una scelta azzeccata, da quando l'ho incontrato non ha smesso di sudare, agitarsi, urlare e farsi di crack. Adesso siamo fermi in un bar non molto distante dalla fabbrica, lo sto aspettando in macchina perché mi ha detto che doveva pisciare. Non si sforza nemmeno di trovare una scusa più credibile per farsi. Quando è uscito dalla macchina per andare al bar è successa una cosa strana, tra le tante, ma questa mi ha colpito maggiormente: una volta fuori mi ha fatto un cenno con la mano per indicarmi di seguirlo, ho pensato che avesse cambiato idea e mi sono mosso per scendere dall'auto. Appena mi ha visto uscire si è alterato e mi ha ordinato di restare seduto perché la macchina non si chiude a chiave e ha paura che possano rubarla. Tralasciando la bugia clamorosa, la macchina si chiude benissimo, non capisco perché mi ha fatto quel cenno per uscire se non aveva cambiato idea. Si sarà bruciato buona parte delle cellule cerebrali con tutto il crack che si fuma.

Eccolo che torna, ancora più sudato se possibile, sicuramente più agitato e con gli occhi che fanno molta più paura di quelli di Jack Nicholson.

«Carminie', dove devo andare?»

Gli indico la strada. Vorrei indicargliene una sbagliata ma so che non servirebbe a salvarmi. Nella mia testa viaggiano indisturbati solo cattivi pensieri, sarà che ho una tanica da venti litri di benzina stretta tra le gambe e non credo servirà nel caso dovessimo rimanere a piedi. L'insegna luminosa della Petrone Porte si vede da lontano, Ciruzzo l'ha notata e si è entusiasmato, ha scalato la marcia e ha decelerato avvicinandosi al cancello principale. Ricordo quando il megalomane la fece installare: «La devono vedere pure i ciechi», disse il coglione, non sapeva che si stava scavando la fossa con le sue mani.

«Carminie', e quello chi cazzo è?»

«È Gino, il custode», gli rispondo con un tono forzatamente allarmato, sperando che questa presenza, cui non avevo pensato, possa fargli cambiare idea. In realtà Gino il custode è lì solo perché don Antonio era una persona buona e s'inventava i mestieri pur di far lavorare la gente, ma basta guardarlo per capire che non è in grado di custodire un bel niente. Difatti Ciruzzo non si fa minimamente intimorire e parcheggia vicino al cancello principale della fabbrica. Spegne l'autoradio e si alza la maglietta.

Cazzo!

Ha una pistola nei pantaloni, anzi aveva. Con un gesto veloce l'ha estratta e ora la tiene stretta in una mano. Il mio cuore alla vista della pistola ha cominciato a battere fortissimo nel petto, come forse non ha mai fatto in tutta la mia vita. Non ho più saliva in bocca. Ho una sensazione di calore in tutto il corpo. Sono i sintomi della paura, vera. Verissima.

Lo vedo che si muove e resto immobile, terrorizzato. Che vuole fare? Guarda nello specchietto retrovisore e sorride facendo un cenno d'assenso con la testa, poi gira lo sguardo verso di me.

«Carminie', io mo' vado a parlare con il custode. Appena ti faccio segno mi raggiungi con la benzina. Hai capito?»

Ciro Incoronato
Petrone Porte. Villaricca
21 giugno 2013. Ore 17.30

Attraverso il vetro del gabbiotto adocchio un vecchietto che sta guardando la televisione colla testa azzeccata nello schermo. Che te lo dico a fare, qua non c'è bisogno nemmeno del ferro. Lo poso nei pantaloni e lo copro colla maglietta.

«Buonasera, don Gino carissimo.»

Lui mi fissa e cerca di dare un nome alla mia faccia.

«La vecchiaia figlio mio, aiutami a dire, come ti chiami?»

«Mi chiamo Ciro», e co' calma gli spiego cosa devo fare.

«Ma vuje tenete genio 'e pazzia'? Forza, allontanatevi dal cancello.»

Mi dispiace doverlo fare ma è necessario, altrimenti don Gino ci fa perdere troppo tempo. Alzo la maglietta e gli faccio vedere la pistola.

«State tranquillo, non voglio fare male a nessuno. Facciamo una bella cosa, cominciate a darmi il cellulare.»

Intanto faccio un segno al fratello di Sasà per farlo avvicinare.

«Prendete le chiavi che ci andiamo a fare un giro dentro al capannone. 'Na cosa veloce veloce.»

C'ha raggiunti Carminiello, don Gino lo saluta e lui abbassa gli occhi come se avesse vergogna. Il custode cammina avanti e noi lo seguiamo, sento pure i passi di Luigino che seguono i nostri e sto a pensiero tranquillo. Il capannone è gigantesco, non si vede la fine. Si schiatta di caldo, pare di stare in un forno a microonde. A destra e a sinistra del capannone ci sono tutti i macchinari, e quintali di legno sparso dappertutto.

«Voi lo fate il fucarazzo di Sant'Antonio?»

Il figlio di zoccola nasconde la risata colla mano davanti alla bocca, ha già capito tutto. Don Gino mi guarda strano e non risponde, sarà sordo, allora glielo ripeto un po' più forte.

«A gennaio», mi risponde colla voce tremolante.

«E fate conto che siamo a gennaio.»

Un gatto randagio sguscia tra i pezzi di legno e mi viene un'idea. Faccio un rumore colla bocca per farlo avvicinare, quando ce l'ho a portata di mano l'acchiappo e l'accarezzo per non farmi graffiare.

«Don Gino, vi piacciono i gatti? Me lo tenete cinque minuti per cortesia? Carminie', tu passami la tanica.»

Carmine Scognamiglio
Petrone Porte. Villaricca
21 giugno 2013. Ore 17.45

Come ho fatto a non pensarci prima? A cosa poteva servire una tanica di venti litri di benzina? Sono proprio un coglione. Più di me, quel pazzo di mio fratello, ma come gli è saltato in mente di coinvolgere Ciruzzo Buttigliella in questa storia? Chissà se l'hanno deciso insieme che bruciare la fabbrica era la soluzione giusta per vendicarsi? Perché se l'hanno deciso insieme, e mio fratello consapevolmente mi ha messo in questa situazione, è davvero la più grande testa di cazzo che abbia mai conosciuto.

Non reggo lo sguardo sdegnato di Gino il custode, e ogni volta che lo incrocio abbasso la testa. Vorrei tanto spiegargli che non m'è passato nemmeno per l'anticamera del cervello di fare una cosa del genere. Ma come faccio? Ciruzzo m'ha appena chiesto di passargli la tanica. Vorrei avere il coraggio di oppormi, dirgli di no, lasciamo stare tutto e andiamocene da questo posto che fino a qualche ora fa era il mio posto di lavoro, per cui solo ora mi rendo conto di esserci affezionato, nonostante tutto.

Vorrei spiegargli che mio padre mi ha insegnato a risolvere i problemi in un altro modo, e che quella testa di cazzo di mio fratello avrebbe fatto molto meglio ad ascoltarlo invece di sbuffare e sbattere sempre la porta quando partiva la filippica di papà. Che forse starà guardando la scena da lassù. Se così fosse, sta certamente rabbrividendo. Anzi, se ci sei, aiutami. Ho tanto bisogno di te, papà. Tantissimo.

Ciruzzo Buttigliella mi strappa la tanica dalle mani. Gino si lancia in un commovente tentativo di difesa del luogo che ha custodito per più di trent'anni, ma Ciruzzo ha il cuore di marmo e non si lascia intenerire. È impegnato a cospargere di benzina il legno, le pialle a spessore, le seghe circolari, la toupie, le sezionatrici, le bordatrici, le levigatrici, i tavoli da lavoro.

Penso a don Antonio, se fosse ancora vivo tutto questo non sarebbe successo. Molto probabilmente è insieme a mio padre a guardare la scena. Forse sono in silenzio. O forse papà sta cercando di giustificare la mia azione. Forse don Antonio sta piangendo.

Buttigliella dà un paio di scossoni alla tanica per accertarsi che sia rimasta un po' di benzina all'interno, si sente il rumore del liquido che batte contro le pareti di plastica dura.

Ha la faccia bianca che sembra un cadavere e continua a grattarsi il collo, le braccia, fino a far uscire il sangue. I suoi occhi spiritati mi puntano. Lo vedo avvicinarsi. Mi è talmente vicino che sento l'odore del suo fiato. Fa schifo. Mi viene da vomitare.

«Lo vuoi tu l'onore?»

Mi limito a muovere velocemente la testa a destra e a sinistra, poi l'abbasso e guardo il pavimento. Ciruzzo resta un attimo fermo, a me sembra un'eternità. In quell'attimo ha deciso che non somiglio per niente a mio fratello e me lo dice. Poi prende il gatto dalle mani di Gino e ci fa segno di seguirlo all'uscita.

Noi eseguiamo l'ordine e torniamo in strada. Lui è rimasto sotto l'arco della porta e continua a fare segni nel vuoto come se ci fosse ancora qualcuno da far uscire. Ne approfitto per fare dei gesti a Gino cercando di fargli capire che non c'entro nulla. Invano.

«Carminie', vieni qua.»

Appena sono a circa un paio di passi da lui mi piazza il gatto in mano, poi mi consiglia di allungare le braccia se non voglio sporcarmi le scarpe. Lo faccio giusto in tempo, prima che riversi il resto della benzina sul pelo del gatto, che si agita tra le mie mani e a stento riesco a tenerlo. Poi lancia la tanica all'interno del capannone. Prende dalla tasca un filo di spago e lo lega alla coda del gatto. Mi ordina di metterlo a terra e di tenerlo forte per non farlo scappare. Intanto prende un accendino e dà fuoco per bene al filo di spago, poi mi urla di lanciare il gatto all'interno del capannone. Chiude la porta enorme e si avverte immediatamente odore di carne bruciata.

Sento il miagolio doloroso e disperato della povera bestia.

Dopo qualche istante tutto comincia a bruciare all'interno del capannone.

«Don Gino, questa pistola non la voglio usare. Voi siete una brava persona e sono sicuro che non mi costringerete a usarla. So dove abitate, alla prima parola vi vengo a prendere fino a casa e vi faccio vedere come funziona, è chiaro? Questo è il vostro cellulare. È stato un piacere.»

Sono costretto a salire in macchina e non ho il coraggio di guardare Gino, ma sono certo che non abbandonerà il suo posto di lavoro.

TRIBUNALE DI NAPOLI
SEZIONE MONOCRATICA
Procedimento penale n.1308/81 - Udienza del 14/12/2014

Procedimento a carico di – Scognamiglio Carmine – Escussione del teste: Petrone Gennaro

Il teste dichiara la formula d'impegno.
Il Giudice invita il testimone a fornire le proprie generalità e questi risponde: «Petrone Gennaro, nato a Salerno il 17 maggio 1978».

GIUDICE – Il Pubblico Ministero può procedere all'esame del teste.
PUBBLICO MINISTERO – Sig. Petrone, ricorda cos'è successo tra lei e il suo dipendente, il Sig. Scognamiglio, il 21 giugno 2013?
DICH. – Sì, certo.
PUBBLICO MINISTERO – Ci vuole raccontare?
DICH. – Non era un bel periodo per la fabbrica, eravamo costretti a tagliare i costi del personale per provare a continuare l'attività. Il Sig. Scognamiglio era uno dei dipendenti finiti nella lista dei tagli. Poco dopo che gli consegnai la lettera di licenziamento, mi ha colpito con un pugno sul naso.
PUBBLICO MINISTERO – Ricorda dov'eravate?
DICH. – Certo, nel mio studio.
PUBBLICO MINISTERO – Chi era presente oltre lei e il Sig. Scognamiglio?
DICH. – Nessuno, purtroppo.

PUBBLICO MINISTERO – Continui pure.

DICH. – Non contento del pugno, il Sig. Scognamiglio mi colpì con una testata sul viso procurandomi la frattura dello zigomo e del setto nasale.

PUBBLICO MINISTERO – Lei ha provato a difendersi?

DICH. – Certo, ma è stato impossibile. Era una furia.

PUBBLICO MINISTERO – Ha subìto delle minacce da parte del Sig. Scognamiglio?

DICH. – Ero confuso, ma ricordo che prima di uscire dallo studio, disse che non sarebbe finita lì e che avrebbe distrutto la mia vita. E ci è riuscito.

PUBBLICO MINISTERO – Lei era presente sul luogo del sinistro la sera del 21 giugno 2013, giusto?

DICH. – Sì.

PUBBLICO MINISTERO – Che cosa ha visto?

DICH. – Mentre percorrevo la circumvallazione esterna in direzione di Casoria, da lontano ho visto una macchina che era finita fuori strada, su una cunetta. Sulla strada era ferma un'altra macchina grigia e ho visto salire a bordo dell'auto il Sig. Scognamiglio. Ho accelerato per accertarmi di quello che avevo visto, ma l'auto è partita veloce. A quel punto mi sono accorto che l'auto sulla cunetta era quella della mia fidanzata. Mi sono affrettato a prestare soccorso e ho chiamato l'ambulanza.

PUBBLICO MINISTERO – Il Sig. Scognamiglio è salito in auto da solo oppure costretto da qualcun altro?

DICH. – Da solo. Era solo in strada, non ho visto nessun altro.

PUBBLICO MINISTERO – Crede che il Sig. Scognamiglio sapesse del legame affettivo tra lei e la Sig.ra Martina Marinelli?

DICH. – Sì, lo sapeva.

PUBBLICO MINISTERO – Come faceva a saperlo?

DICH. – Glielo dissi io quel giorno. Quando entrò nel mio studio, ero al telefono con un mio amico per organizzare una festa alla mia fidanzata, che quella mattina aveva superato un esame di violino. Dopo aver attaccato il telefono, per rompere il ghiaccio, siccome di lì a poco avrei dovuto consegnargli la lettera di licenziamento, gli parlai della mia fidanzata e gli feci vedere la foto che avevo sulla scrivania. Quella foto è scomparsa dalla mia scrivania.

PUBBLICO MINISTERO – Quando si è accorto della scomparsa?

DICH. – Quando stavo lasciando lo studio per andare in ospedale dopo essere stato colpito dal Sig. Scognamiglio.

PUBBLICO MINISTERO – Ha visto il Sig. Scognamiglio impossessarsi di quella foto?

DICH. – No. Ma c'eravamo solo io e lui nello studio.

PUBBLICO MINISTERO – Non ho altre domande, Giudice.

GIUDICE – La Difesa, prego.

AVV. CASTELLANETA – Sig. Petrone, lei quanto pesa?

DICH. – Novanta chili.

AVV. CASTELLANETA – E quanto è alto?

DICH. – 1,87.

AVV. CASTELLANETA – Il Sig. Scognamiglio è alto 1,67 e pesa cinquantanove chili. Un moscerino al suo confronto. Ci vuole far credere che non è riuscito a opporsi alla sua furia?

DICH. – Io non voglio farvelo credere, ho le prove.

AVV. CASTELLANETA – Non è che lei si è volontariamente fatto colpire dal Sig. Scognamiglio?

GIUDICE – Avvocato, mi scusi. Questa è una sua supposizione.

AVV. CASTELLANETA – Lei, quando è arrivato sul luogo del sinistro, aveva già visto il video delle telecamere a circuito chiuso della sua azienda che riprendevano la scena del dolo?

DICH. – Non ancora.

AVV. CASTELLANETA – Quindi non sapeva che era stato il Sig. Scognamiglio, in compagnia di Incoronato Ciro, ad appiccare il fuoco?

DICH. – Sì, lo sapevo. Me l'aveva detto Gino, il custode.

AVV. CASTELLANETA – Quando è arrivato all'ospedale seguendo l'ambulanza con a bordo la sua fidanzata, ha dichiarato al

drappello di polizia quello che aveva visto sul luogo del sinistro, giusto?
DICH. – Sì.
AVV. CASTELLANETA – Perché non ha dichiarato di aver visto il Sig. Scognamiglio entrare in quella macchina grigia?
DICH. – Perché ero preoccupato per Martina e non avevo nessuna voglia di parlare con la polizia. Ho detto le prime cose che mi sono venute in mente.
AVV. CASTELLANETA – Mi scusi, lei ha dichiarato che il Sig. Scognamiglio l'ha minacciata dicendo che le avrebbe rovinato la vita, giusto?
DICH. – Sì.
AVV. CASTELLANETA – Bene. Non ha trovato la foto della sua fidanzata sulla scrivania, le viene detto che il Sig. Scognamiglio ha appiccato il fuoco distruggendo la sua azienda, poi lo vede allontanarsi dal luogo del sinistro, e non lo dice?
DICH. – Ero molto scosso, ho collegato i fatti solo dopo.
AVV. CASTELLANETA – Ma non l'ha denunciato, o sbaglio?
DICH. – No.
AVV. CASTELLANETA – Non ho altre domande, grazie.

NON CI SONO ALTRE DOMANDE.
IL TESTE SI PUÒ ACCOMODARE.

Ciro Incoronato
Parcheggio del Bingo. Villaricca
21 giugno 2013. Ore 18.15

«Mannaggia la Madonna!»

La bestemmia non ha funzionato, Luigino resta nella stessa identica posizione. Sta colle mani sulle orecchie e piange come una fontana. Sempre senza fare rumore ma co' certi lacrimoni che fanno impressione. Che cazzo è successo adesso? Vorrei tanto capirlo ma ci sta Carminiello in macchina co' me, come cazzo faccio? Bestemmio un'altra volta e urlo più forte. Non cambia niente, che te lo dico a fare.

Nella corsia opposta alla nostra passa a tutta velocità un camion dei pompieri colla sirena accesa.

«Carminie', giusto per essere sicuri, noi non ci siamo mai stati in quella fabbrica, è chiaro?»

C'ha la faccia troppo allarmata, ci manca solo che va a dire a qualcuno quello che abbiamo fatto. Fa sì colla testa ma non sto a pensiero tranquillo. Lo vedo che guarda fuori cogli occhi persi nel vuoto.

«Devi stare a pensiero tranquillo, era l'unica cosa da fare. Chella faccia 'e cazzo del principale tuo deve imparare a campare.»

Poi allungo una mano e gli giro la faccia afferrandolo per il mento. Ora lo posso guardare dritto negli occhi.

«Mi stai sentendo? Se parli co' qualcuno di quello che abbiamo fatto, mi dimentico che sei il fratello di Sasà e ti do due botte in testa, è chiaro?»

Intanto incrociamo un altro camion dei pompieri colle sirene accese. Lo seguono una macchina dei carabinieri e una dei vigili urbani. Luigino sta sempre in quella posizione a piangere. Devo fare qualcosa, sono il padre e non posso fare finta di niente. Che cazzo faccio?

Eccola la soluzione: una sala Bingo. Accosto entrando nel

parcheggio, immagino che ci sarà un bar all'interno. In queste condizioni mi può aiutare solo una bottiglietta. Lascio il fratello di Sasà in macchina e scendo. Come previsto c'è un bar, compro una bottiglietta e mi chiudo in bagno. Faccio un paio di tiri potenti e finalmente mi viene l'illuminazione. Esco di corsa dalla sala Bingo e mi fiondo in macchina.

«Luigi', a papà, ti sei dispiaciuto perché ho bruciato il gatto, è vero?»

Lui fa sì colla testa. Lo sapevo che era questo, lo sapevo. Faccio un mezzo giro sul sediolino e mi volto verso il sedile posteriore per parlare a mestiere co' mio figlio.

«Luigi', a papà, non te lo ricordi che l'ha detto al telegiornale quello che comanda la protezione civile? Così si fa. Pure in mezzo alle montagne bruciano i gatti e poi li buttano nei boschi per fare gli incendi.»

Lui, in un attimo che mi riempie di felicità, si toglie le mani dalle orecchie e smette di piangere. Che soddisfazione, sono il padre più felice del mondo. Giro la chiave nel quadro e metto in moto, è ora di tornare a casa e godermi un po' di tempo co' lui. Sto per partire quando il fratello di Sasà apre lo sportello e scappa.

Carmine Scognamiglio
Parcheggio del Bingo. Villaricca
21 giugno 2013. Ore 19.15

C'è sempre un momento preciso, durante il sonno, in cui ti rendi conto che stai vivendo un incubo. Quel momento coincide spesso con il risveglio, ed è magnifica la sensazione di sollievo quando realizzi di essere nella tua stanza, al sicuro nel tuo letto e che quella terribile esperienza era solo il frutto del subconscio. Torni a respirare. Sei un uomo libero dopo anni di galera. Ho provato la stessa sensazione quando ho aperto lo sportello e sono scappato. Quello mi pareva il punto di non ritorno, ero in macchina con un tossico armato di pistola che continuava a farsi bottigliette di crack, avevamo incendiato la fabbrica in cui ho buttato dieci anni della mia vita e l'avevo appena sentito spiegare al sedile posteriore della sua auto perché aveva bruciato vivo un gatto per appiccare il fuoco nel capannone.

Corro veloce e sento l'aria bollente che mi soffoca, so che non mi devo fermare per scappare il più lontano possibile. Lo farei volentieri, molto volentieri, se non fossi braccato da un gruppo di ragazzi che non so nemmeno da dove sono usciti. Mi placcano facendomi cadere sull'asfalto caldo e duro come la pietra, mi prendono a calci e pugni ma non ne capisco il motivo. Non reagisco, provo solo a parare i colpi e mi proteggo la testa. Il paradosso è che mi salva proprio lui, Ciruzzo Buttigliella in persona.

«Lasciatelo a me, mi voglio vendicare con le mie mani.»

I ragazzi assecondano quella richiesta e si allontanano, nel farlo uno di loro mi sputa addosso colpendomi di striscio la faccia. Che schifo!

«Che cazzo volevi fare?»

Non rispondo. Non mi sembra il caso di spiegargli tutta la questione dell'incubo e del momento in cui ti svegli sollevato, non credo capirebbe, meglio un dignitoso silenzio. Mi parla piano stringendo i denti per reprimere la rabbia.

«Ringrazia a Dio che sei il fratello di Sasà, sennò ti davo due botte e ti lasciavo a terra in questo parcheggio, quant'è vera la Madonna.»

Mi spinge verso la macchina con un tale disprezzo che mi fa sentire in colpa per quel tentativo di fuga. In realtà è la prima cosa sensata che ho fatto da quando l'ho incontrato.

In macchina il silenzio è surreale. Ogni tanto Ciruzzo guarda nello specchietto retrovisore e sorride. Io sto pregando, non a Dio o a qualche santo protettore, ma a mio padre. Gli sto chiedendo la grazia di farmi sopravvivere, anche solo il tempo necessario per fare a mio fratello quello che ho fatto stamattina a Rino Petrone.

L'ora di punta è passata e anche il traffico si è smaltito, si cammina senza fermarsi quasi mai. Questa quiete appartiene a tutte quelle che hanno preceduto una serie infinita di tempeste per cui qualcuno ha inventato il famoso detto, ne sono sicuro.

«Ogni tuo desiderio è un ordine per me.»

Ecco qua, ha appena parlato alla sua allucinazione, maledetto crack.

Prova a superare una macchina ma rallenta proprio quando le sta accanto, guarda all'interno dell'abitacolo. Anche io giro la testa e intravedo le sagome di due ragazze.

«Luigi', a papà, ti piacciono queste due?»

Supera la macchina con un colpo secco d'acceleratore e si piazza davanti diminuendo drasticamente la velocità. Praticamente fa in modo che la macchina che ora ci segue sia costretta a superare la nostra. Non capisco il senso di questa manovra ma non mi meraviglio, sarebbe strano il contrario. Capire cosa gira nella testa fulminata di quest'uomo è impresa impossibile. Ha gli occhi pieni di sangue e sbuffa come un toro alla vista del rosso. Sarà anche per questo che una sensazione di terrore è mia fedele compagna da qualche ora, ormai.

La macchina con le due ragazze ci supera agevolmente, ma appena è davanti Ciruzzo accelera e si attacca pericolosamente al loro culo. Suona il clacson e fa i fari lunghi illuminando a giorno l'abitacolo. Poi dà ancora un piccolo colpo di acceleratore e tampona leggermente il paraurti della macchina che lo precede.

Vorrei dire qualcosa ma non mi esce la voce, è rimasta impigliata nel nodo alla gola che non mi abbandona. Lo guardo e mi fa paura, è un essere deforme che ha veramente poco di umano. Accelera e decelera continuando a dare piccoli colpi al paraurti della macchina con le due povere ragazze. Immagino la loro paura, quel mostro che non fa ragionare, e spero con tutto il cuore che non le blocchi facendole diventare preda di questo pazzo. Dal lunotto posteriore le vedo agitarsi all'interno del loro abitacolo. State calme, ragionate, vi prego. Siamo sulla stessa barca, ragazze, anche se non si direbbe.

«Carminie', mantieniti, che adesso si scatena l'inferno.»

Mi aggrappo con le mani sul cruscotto e prego più forte. Fortissimo.

Capitolo Due

Martina Marinelli

Com'era bella Napoli quaranta anni fa,
avvolta nell'azzurro dell'oscuramento, misteriosa,
sussurrante nella notte di passi sconosciuti,
fasciata all'alba nei veli della sua miseria addormentata,
luccicante al sole impudica,
tutta ossa e pelle livida,
nelle mattinate insolitamente vuote, sempre malinconica,
stupefatta dalle bombe,
chiassosa e ridente nei ricoveri pullulanti di spaventata allegria,
sbalordita di ritornare a vivere due volte al giorno.

Giuseppe Patroni Griffi
(*La morte della bellezza*)

Martina Marinelli
21 giugno 2013. Ore 10.15

Mozart.

Quartetto in re minore.

Mi trema la mano mentre le note riempiono di musica la stanza, c'è un'acustica perfetta, sembra quella di un teatro lirico. Ho l'archetto stretto tra le dita e carezzo le corde del mio Schweitzer del 1819. Sono sicura, la commissione sta pensando che ha un suono bellissimo. Io invece penso a mio nonno. Me lo ricordo come se fosse ieri il giorno in cui mi ha regalato questo violino, l'ha suonato nei teatri di mezzo mondo. La prima volta che l'ho sentito ero con mamma in un balconcino del San Carlo di Napoli.

«Voglio suonare il violino come il nonno.»

Mamma pensò fosse un altro desiderio di bambina, ogni tanto ne avevo uno: l'astronauta, l'infermiera, la ballerina. Quella volta facevo sul serio, il problema è che ho fatto troppe volte al lupo al lupo. Cavolo, mi sono distratta e l'ultima nota l'ho steccata. Mi fermo e abbasso l'archetto. Loro muti. Adesso non so se stanno ancora con la musica nelle orecchie oppure non gli sono piaciuta. Vi prego, ditemi com'è andata invece di stare zitti. Si guardano e fanno dei cenni con la testa, tutto questo confabulare mi mette ansia. Incrocio lo sguardo di mia madre, un iceberg che non fa testo, non l'ho mai vista con un altro sguardo.

«Martina Marinelli. Nove.»

Non ci posso credere. Il mio maestro sorride, con il pugno mi fa il gesto della vittoria. È vero, non sto sognando. In fondo ho suonato bene e questo meraviglioso nove me lo devo godere, lo merito. Vorrei urlare, saltare, correre, abbracciare, ridere a crepapelle. Tutte cose che in quest'aula non si possono fare, c'è un clima serioso che non si sopporta e io sto su di giri, non riesco a stare ferma. Mi precipito a dare la mano a tutti i membri della commissione.

«Ci vediamo al diploma», fa il mio maestro.

Mi accorgo che ho un groppo alla gola e se parlo finisce che piango, di gioia naturalmente. Faccio solo sì con la testa e me ne vado. Quelli sicuro mi stanno guardando il culo, questa sensazione di essere colpita alle spalle mi infastidisce un po' ma non c'è altra possibilità, oltre che camminare in modalità gambero e non mi sembra il caso.

Mamma mi sta aspettando in fondo al corridoio, appena la vedo le corro incontro e l'abbraccio.

«Avresti potuto suonare meglio.»

Dal tono della voce capisco che non lo pensa. Perché mia madre non dice mai quello che pensa ma quello che è meglio per me? Che ne sa lei di cosa è meglio per me?

«Andiamo a festeggiare.»

Sono eccitata, lo ammetto, mi succede sempre quando mi capita qualcosa di bello. Scendo le scale del conservatorio a due a due, mamma fatica a starmi dietro, all'inizio ci ha provato ma si è arresa subito, ha preferito scendere piano aggrappandosi al corrimano.

Mi squilla il telefonino, lo prendo dalla borsa e sul display compare la sua faccia abbronzata. Rifiuto la chiamata. Una vena di tristezza s'impossessa del mio umore ma la caccio immediatamente via perché, caro Rino, non ti permetterò di rovinarmi anche questa gioia. Compongo il numero di Giulia. Occupato. Scorro la rubrica e invio messaggi a raffica, ho voglia di farlo sapere a tutti che stamattina sono una violinista da nove.

Mamma mi ha finalmente raggiunta e ci incamminiamo in direzione del bar qui accanto. Lo frequentiamo solo noi e i maestri, apre e chiude secondo gli orari del conservatorio. Rosario, il barista, non capisce niente di musica ma negli anni a furia di sentire i nostri discorsi ha imparato quelle quattro nozioni che lo fanno sentire un esperto.

«Allora?»

«Nove.»

Rosario è uno di quelli che non te le manda a dire, gli vogliamo bene per questo. Spalanca gli occhi, poggia sul bancone il bicchiere che sta sciacquando e parte con l'applauso di rito. Io m'inchino a ringraziare. Funziona così da sempre: quando superi un esame vai da Rosario, lui ti applaude e tu t'inchini. Se ti bocciano, ti offre il caffè di consolazione.

Mamma è seduta a un tavolino e si gode la scena con orgoglio, ha pure battuto le mani, ma piano, per non farmi sentire. Non sia mai, va a finire che mi monto la testa.

«Ti ho visto che applaudivi. Stai tranquilla, non me la monto la testa.»

Mi carezza la guancia con tenerezza, come fossi ancora una bambina. Per fortuna arriva Rosario con il prosecco a sciogliercì dall'imbarazzo. Sul vassoio c'è un bicchiere anche per lui, alziamo i calici e brindiamo al mio fantastico nove.

Evviva!

Butto giù tutto d'un fiato, le bollicine mi finiscono nel naso. Mamma mia quanto mi piace questa sensazione.

È il momento di un bel gratta e vinci da cinque euro, così per festeggiare. Rosario se ne esce con la solita ramanzina, ha ragione ma oggi non ho voglia di lottare contro i miei vizi. Chissà se quella per i gratta e vinci è una passione sfrenata o una patologia ancora non scoperta, fatto sta che ogni volta che in un bar o dal tabaccaio o in autogrill li vedo esposti, non riesco a fare a meno di grattare. Una volta ho cercato su google la *grattite.* Non l'ho trovata, ovviamente.

Intanto ho già grattato la striscia dei numeri vincenti.

12 14 75 8 13 81.

Mamma è vittima dei racconti ignoranti di Rosario e il bicchiere di prosecco le ha regalato una strana allegria sulla faccia. Gratto la prima striscia di numeri. Niente. Mi fiondo sui primi tre numeri della seconda striscia. Non corrispondono. Faccio un respiro profondo e gratto il quarto numero. 75. E vai! Sono indecisa se scoprire il valore del premio oppure andare avanti con i numeri. Vado avanti. Quinto numero. Niente. Sesto numero. 81. Grande.

Intanto mamma ride sguaiata. Dico a Rosario di fare attenzione perché non è abituata e si ubriaca solo con l'odore, lo faccio giusto per prendere tempo. Ritorno sul biglietto. Devo grattare il valore dei premi, ho le mani sudate. Via. Gratto il 75. Non ci credo. Centocinquanta euro. Che giornata favolosa. Allora andiamo fino in fondo. Gratto l'81. Cinquanta euro.

«Signori, un po' di attenzione. Oggi è senza dubbio il mio giorno fortunato. Ho vinto duecento euro.»

Mamma fa un urlo che si vedono le tonsille, è ubriaca. Corre verso di me e mi abbraccia con un trasporto emotivo che non le si addice. Rosario si unisce alle urla, e allora urlo pure io.

Un bel momento, lo devo ammettere. Lo squillo del mio cellulare arriva come il cacio sui maccheroni e rispondo con tutto l'entusiasmo del momento.

«Giulia, non hai idea. Ho preso nove all'esame e ho vinto duecento euro al gratta e vinci.»

Ha una voce da funerale. Quello che dice spegne tutto il sacro fuoco dell'eccitazione. Ora non so bene se essere più preoccupata per le parole di Giulia o per la guida spericolata di mia madre. Sarà l'effetto del prosecco ma così non l'ho mai vista, fa zig zag tra le macchine, scala le marce come se fosse alla guida di una Ferrari e strombazza il clacson stridulo della sua vecchia Peugeot 106.

Via Marina a quest'ora è un ingorgo di macchine, il caldo combinato allo spirito sportivo di mia madre fa sudare che è una bellezza. Da lontano sento una sirena, è quella di un'ambulanza. Le macchine in fila si spostano a fatica per farla passare e anche mia madre fa una strana manovra.

«Mamma, ma che fai?»

«È tutto sotto controllo tesoro.»

Si è messa a correre dietro l'ambulanza. Mi vergogno da morire. Dalle altre macchine arrivano imprecazioni che faccio finta di non sentire, qualcuno cerca di ostacolarci ma non ci riesce talmente siamo attaccati all'ambulanza. Sono terrorizzata. Penso che se mai dovesse frenare di colpo ci sarebbe un tamponamento sicuro, e penso pure che l'impatto della piccola 106 con il culo di un'ambulanza sarebbe devastante. Per noi, ovviamente.

Mi squilla ancora il telefonino. È Rino. Non gli rispondo.

Non ho voglia di parlare con lui se non di quello che ho deciso di dirgli e ora non mi pare proprio il caso.

«Mamma, attentaaaa...»

L'ambulanza ha cambiato direzione improvvisamente e lei l'ha seguita come niente fosse, ora siamo sulla corsia preferenziale. Da lontano s'intravede la croce rossa lampeggiante, ci siamo quasi, l'ambulanza rallenta la sua corsa e dopo qualche metro gira verso l'ospedale imboccando la salita del pronto soccorso. Mamma accosta di fianco a una fila di macchine parcheggiate e sospira. Sospiro anch'io.

«Eccoci qua. Sane e salve.»

Un tizio si fionda vicino alla nostra macchina.

«Dovete parcheggiare, signora bella?»

«No, grazie. Faccio scendere mia figlia e vado via.»

«E allora fate presto che qui stiamo lavorando.»

Recupero in fretta il violino dal sedile posteriore.

«Lascialo, te lo porto a casa io.»

Ci prova sempre. Non è mancanza di fiducia giuro, ma il violino non lo lascio nelle mani di nessuno, nemmeno di mia madre. Ora mi devo inventare una scusa che altrimenti si offende.

«Ma', lo tengo io, che magari dopo passo dal maestro...»

«Va bene, va bene, ho capito. Non me lo vuoi lasciare.»

«E dai ma', lo sai che...»

«Lo so, lo so. Torni con Giulia, me ne posso andare?»

«Sì, ci vediamo a casa.»

Mi guarda mentre salgo le scale del pronto soccorso. Sono sollevata, è tornata in lei, in fondo l'effetto del prosecco non dura a lungo.

Tre infermieri discutono animatamente di calcio appoggiati a una lettiga in attesa che arrivi qualche ferito da portare dentro.

«Mi scusi, è questo il pronto soccorso?»

«Sì. Signori', dovete suonare dentro il pronto soccorso?»

Sorrido e faccio per entrare.

«Ma che educazione, non si risponde nemmeno.»

Fingo di non aver sentito e spingo la porta d'ingresso. Che imbarazzo, non pensavo fosse una domanda seria, ero convinta fosse solo una battuta. Dove si è mai visto suonare il violino in un pronto soccorso?

Appena dentro m'investe l'odore acre di mercurio cromo che mi dà la nausea. Salgo al terzo piano, reparto neurologia, e sbircio nelle stanze alla ricerca di quella giusta. Finalmente la trovo, busso leggermente con le nocche della mano vicino alla porta e Giulia si accorge di me. La suocera visibilmente sotto choc alza gli occhi e mi guarda senza parlare.

«Buongiorno, signora.»

«Dove stava scritta questa tragedia? Dove stava scritta, figlia mia. Dove? Dove?»

«Vieni, andiamo a fumare una sigaretta», mi fa Giulia.

La suocera non si perde d'animo e comincia a pregare dicendo esattamente così: «Gesù Cristo, mettici la mano tu».

Ci avviciniamo alla finestra e un alito di vento caldo mi sfiora il viso. Giulia scava nella borsa e tira fuori il pacchetto di Merit.

«Non le sembra vero che il marito ha tentato di ammazzarsi.»

«E ci credo. Gianni?»

«Sta arrivando.»

«Come sta il padre? L'ho visto strano.»

«L'hanno sedato. Il problema ora è il recupero psicologico.»

Sospiriamo. Sbuffiamo. Insieme. Ci succede sempre quando c'è un problema da affrontare. Accendo la Merit e Giulia fa lo stesso. Stiamo per qualche attimo in silenzio guardando fuori dalla finestra, poi mi faccio forza e provo a dirle che mi sento in colpa.

«Tu che c'entri?»

Lo dice guardandomi dritto negli occhi, capisco che lo pensa veramente. In fondo non c'entro niente. Mi squilla il telefonino.

«È Rino.»

Sospiriamo. Sbuffiamo. Insieme.

Rifiuto la chiamata, metto il telefonino in borsa e mi attacco alla Merit. Il silenzio ruba la scena per un po' di boccate, fino a quando Giulia mi dà un colpetto sulla spalla.

«Com'è andato l'esame?»

«Oggi lo lascio.»

Allarga gli occhi al punto che le diventano a palla, apre la bocca e non la chiude per qualche istante. Poi fa quello che non ti aspetti, ride. Be', dovrebbe essere l'ultima cosa da fare dopo una confessione del genere, ma temo che non abbia nessuna intenzione di smettere. Un po' me la dovrei prendere, invece ha una risata contagiosa che mi trascina. Non è bello ridere a crepapelle in una corsia d'ospedale. L'unica cosa che potrebbe giustificare il nostro comportamento è il reparto neurologia, ma è evidente che non siamo due pazienti ricoverate, anche se qualcuno passando, ci ha dato delle matte. Giulia ride perché è felice per me, dice che lasciarlo è in assoluto la cosa migliore che mi possa capitare in questo momento. In verità, è una vita che lo sostiene, anzi, due anni e dieci mesi esatti, dal giorno in cui mi sono fidanzata con Rino Petrone.

Ecco, siamo partite. Quando cominciamo a ridere così non c'è verso di fermarci, il nostro curriculum include una sfilza infinita di figuracce per questa cosa, ci fermiamo solo quando a una di noi due arriva il singhiozzo. Stavolta siamo interrotte sul più bello dalla caposala che quasi ci vuole mandare via, ci fa una ramanzina umiliante ma siamo troppo impegnate a non riderle in faccia per accusare il colpo.

«Quant'è bello ridere», mi fa Giulia. «Anche se sono proprio una stronza a morire dalle risate con il padre di Gianni in queste condizioni.»

Era l'ultima cosa che avrebbe dovuto dire, lo sappiamo troppo bene. Ci guardiamo negli occhi e inesorabilmente di nuovo scoppiamo a ridere. Tutt'a un tratto, però, Giulia frena di colpo la risata, mi stringe un braccio forte, al punto da farmi male e indica un punto con un gesto della testa. Dall'altro lato del corridoio c'è Gianni in compagnia di un ragazzo. Vanno dritti nella stanza del padre. Giulia comincia a respirare profondamente, cerca di recuperare l'aplomb adatto alla situazione e si sistema i vestiti come se ridere fosse un esercizio fisico che sgualcisce e lascia in disordine.

«Dai, andiamo. Così dico a Gianni che mi fai compagnia tu e lui può rimanere con il padre.»

Nella stanza ci sono due letti, uno occupato dal signor Migliaccio e l'altro fortunatamente vuoto. La suocera di Giulia continua ininterrottamente a pregare. L'amico di Gianni, invece, mi ha posato gli occhi addosso e mi mette in soggezione. Preferisco restare vicino alla porta e abbasso la testa sperando si stanchi di fissare. Il silenzio della stanza non aiuta a sciogliere l'imbarazzo. Mi concentro sul *Gesù Cristo mettici la mano tu* della signora, ma lo squillo improvviso del mio telefonino blocca ogni azione e attira l'attenzione su di me. Ho dimenticato di mettere la vibrazione e nel silenzio della stanza la suoneria dell'iPhone fa un rumore imbarazzante. Che vergogna, vorrei essere la protagonista del telefilm *Mia moglie è una strega*, vorrei poter battere gli occhi e sparire. Invece scavo nella borsa e per fortuna riesco a trovarlo in un tempo accettabile per la quantità di cose che ci sono dentro. È ancora Rino. Rispondo. Un dipendente che ha licenziato gli ha dato una testata e gli ha rotto il naso. D'istinto lo racconto a Giulia non tenendo conto che nei quattro metri per quattro di una stanza d'ospedale lo sentono tutti. Appena finisco di dirlo sono già pentita, infatti Gianni non si lascia impietosire.

«Se la meritava una capata in faccia quello stronzo.»

Capisco la rabbia di Gianni, capisco che ha bisogno di un responsabile su cui far cadere la colpa del tentato suicidio del padre, un modo per giustificare quel gesto estremo e sorvolare sulle debolezze di un uomo sfinito. Ma pur con tutte le attenuanti del caso, anche a me la frase è sembrata fuori luogo. Giulia non è riuscita a trovare la misura giusta e ha attaccato più del dovuto il povero Gianni in un vortice di parole forti. Si sono detti anche quello che non avrebbero voluto, come sempre accade quando si litiga. A un certo punto della discussione ho girato i tacchi e mi sono avviata all'uscita. Ho fumato una sigaretta nell'attesa e ho dribblato un goffo tentativo d'abbordaggio dell'amico di Gianni, il guardone.

Giulia è scesa prima che finissi la Merit, le ho chiesto se mi dava un passaggio a casa di Rino e ha guidato in silenzio per tutto il tragitto. Io continuo a sentirmi in colpa, forse perché da mesi non trovo il coraggio di lasciarlo. Magari se l'avessi fatto potevo affrontare questa situazione diversamente. Certo, non potevo evitare il licenziamento del padre di Gianni e il conseguente tentativo di suicidio, ma almeno sarei stata meglio con me stessa, a prescindere. Invece sono qui a cercare parole che non trovo per confortare la mia migliore amica. Che tristezza, e pensare che questa giornata era cominciata come meglio non si poteva chiedere.

Intanto siamo arrivati, Giulia parcheggia fuori al cancello della villa e spegne il motore.

«Mi faccio aprire? Così mettiamo la macchina dentro.»

«Non mi dire niente Marti', preferisco aspettare qua.»

Cavolo, questa situazione la gestisco poco e male.

«Non ti fare problemi, se vuoi puoi anche andare...»

«Marti', vai là dentro e fallo nero. Io non mi muovo da qui.»

Non so come fa, ma al contrario di me riesce sempre a dire la cosa giusta, quella che mi fa sentire meglio. Scendo dalla macchina e raccolgo il violino dal sedile di dietro. Giulia mi lascia fare perché conosce le mie debolezze, mostra una mano con l'indice e il medio alzati come segno di vittoria. Adesso ho tutto il coraggio del mondo, posso affrontare chiunque. Spero di riuscire a conservarlo almeno fino alla fine del vialetto. Totò e Peppino, i due rottweiler di casa Petrone, mi corrono incontro e mi fanno le feste, io li accarezzo facendo attenzione a proteggere il violino dalle loro zampone. Mia suocera mi aspetta sulla soglia di casa con un sorriso sincero stampato sulla faccia, la famiglia di Rino mi vuole bene e io ne voglio a loro, ma non mi devo far condizionare. Per fortuna l'odore di casa Petrone come per incanto mi sembra già più estraneo, bene, sono sulla strada giusta.

«Rino è nello studio. Martina, tesoro, ti avverto che è un po' nervoso.» Faccio le scale perdendo a ogni gradino un po' di coraggio. Rino, quando è nervoso, è intrattabile. Non sai mai come reagisce, e a volte è capitato che reagisse molto male. Quelle volte sono tutte ferite aperte. Gli ho sempre detto che non sarei riuscita a dimenticare, ma non so se ha fatto finta di niente, oppure non ha mai dato il giusto peso alle mie parole. Be', ora che sentirà quello che sto per dirgli, non potrà certo accusarmi di non averlo avvisato.

Faccio un bel respiro prima di bussare, sento la sua voce che m'invita a entrare. Ha il naso fasciato e un occhio nero e gonfio.

«Hai visto che mi ha combinato?»

Sorrido per sdrammatizzare e un altro po' di coraggio mi abbandona.

«Allora, com'è andato l'esame? Ho provato a chiamarti

un sacco di volte ma non mi hai mai risposto. Che fine hai fatto?»

«Ero in ospedale dal padre di Gianni.»

Scatta dalla poltrona, questo gesto incontrollato gli fa strozzare in gola un urlo di dolore. Torna accasciato con una mano a tenersi quello che rimane del suo naso. È strano ma così combinato ho per la prima volta l'impressione che sia vulnerabile, che da qualche parte posso affondare i colpi, fare male. Ammetto che questa piccola vigliaccheria mi dà forza.

«Senti Rino, io ti devo parlare.»

«Me lo dici o no com'è andato l'esame?»

È tornato calmo. Non so se non mi ha sentito, oppure come al solito fa finta di niente. Stavolta, a differenza di tutte le altre volte, non riuscirà a fermarmi.

«Oh, ma hai sentito che cosa ho detto?»

«Senti, Marti', se sei venuta per rompermi i coglioni quella è la porta. Già ho i cazzi miei, non è il caso che ti ci metti pure tu.»

«Sì, sono venuta per romperti i coglioni. Per l'ultima volta, stai tranquillo. Da oggi in poi non te li romperò mai più. E non sai quanto tu non li romperai più a me.»

Lui accenna un sorrisino, uno di quelli che sa di sufficienza, che mi fa sentire l'ultima donna sulla faccia della terra.

«Tu non ce li hai i coglioni, o sbaglio?»

«Guarda che non sto scherzando. Che cazzo fai lo spiritoso? Ti sto lasciando. Non so se te ne sei accorto?»

Sbuffa indolente, con fatica si tira su dalla poltrona e si avvicina. Ho la sua faccia a un millimetro dalla mia. Sento l'odore della garza e quello del mercurio cromo che mi fa venire la nausea. Tenta di baciarmi.

«Non sto scherzando, Rino.»

«Ti volevo fare i complimenti per il nove. Sei stata bravissima, mi hanno detto.»

«Chi?»

«Ho i miei informatori.»

Mi morde il lobo e lo lascio fare. È che i complimenti m'imbarazzano sempre, quando me li fanno perdo la cognizione di quello che mi sta intorno. Mi ha fregato ancora cavolo, stavo andando benissimo.

«Stasera ho prenotato un tavolo al *Nabilah*. Conciato così non me la sento di farmi vedere, se ci vuoi andare con gli altri non ci sono problemi.»

Mi bacia. Sulla bocca. Con la lingua. Il suo sapore rompe l'incantesimo e mi fa tornare alla realtà. Vorrei andarmene così di punto in bianco, senza troppe spiegazioni, ma so che lascerei intatto un filo cui lui potrebbe aggrapparsi in qualunque momento. Meglio se lo spezzo. Ho abbastanza coraggio per farlo, ne devo approfittare.

«Senti, Rino, sono mesi che non penso ad altro. Ti ho sempre detto che certe cose che mi hai fatto difficilmente sarei riuscita a dimenticarle. Tu non so se hai fatto finta di niente o non l'hai mai capito che facevo sul serio. Fatto sta che siamo arrivati a questo punto.»

«Che punto?»

«Io non ti amo più, Rino. Non voglio stare più con te. A questo punto.»

Ecco fatto. Mi ero preparata un discorso molto lungo e articolato ma non me lo ricordavo più. Comunque, quello d'importante che dovevo dire, l'ho detto.

«Che fai allora, ci vai stasera al *Nabilah* o no? Me lo devi far sapere che chiamo Cristiano, così non fai la fila per entrare.»

«Ma vaffanculo...»

Raccolgo il violino ed esco dallo studio senza dargli il tempo di reagire. Scendo di fretta le scale mentre lo sento urlare. Mi dice di tornare di sopra. Che è meglio per me. Che se esco da quella porta non ci rientro mai più.

«È quello che voglio, stronzo.»

Incrocio la faccia sconvolta di mia suocera, già quasi ex. Le chiedo scusa.

«Non c'è problema, tesoro.»

La mamma di Rino sa stare dalla parte giusta a prescindere dai legami di parentela, grande donna. Rino continua a urlare dallo studio, si sta innervosendo parecchio. Si sente rumore di vetro che si spacca. Inveisce contro di me, mi chiama puttana.

Puttana. A me?

«Scusalo, lo sai che quando s'innervosisce...»

«Signora, giuro che poi le spiegherò tutto.»

«Vai, vai. Tranquilla. Non c'è niente da spiegare.»

Totò e Peppino mi scortano fino al cancello, abbaiano per non farmi andare via. Li accarezzo e penso che quella, molto probabilmente, sarà l'ultima volta che lo faccio. Mi mancheranno. Guardo mia suocera sulla soglia, mi manda un bacio che ha il sapore dell'addio, tra donne è sempre tutto chiaro. Anche lei mi mancherà. Rino sta sfasciando lo studio, dovrà comprarne uno nuovo e se lo può permettere.

Giulia mi aspetta in macchina e ha già capito tutto. Ho un groppo in gola che se parlo succede un casino. Prendo tempo posando il violino sul sedile di dietro. Lei mette in moto e parte senza chiedermi niente, che genio, tanto ci sarà tempo per parlare. Mentre il cancello di villa Petrone si chiude lento alle mie spalle penso di aver fatto la cosa giusta, e so bene che sarà per sempre.

TRIBUNALE DI NAPOLI
SEZIONE MONOCRATICA
Procedimento penale n.1308/81 - Udienza del 14/12/2014

Procedimento a carico di – Scognamiglio Carmine –
Escussione del teste: Parlato Gennaro

Si dà atto che trattasi di collaboratore di Giustizia.

GIUDICE – L'avvocato può procedere all'esame del teste.
AVV. CASTELLANETA – Sig. Parlato, lei quando ha conosciuto il Sig. Incoronato Ciro?
DICH. – Quando ha cominciato a lavorare con noi. Dopo l'incidente ha perso la testa e ha cominciato a farsi di crack. Fu proprio Borriello Antonio che decise di farlo lavorare per lui, si sentiva come il padreterno e aveva la fissazione di dover salvare le persone del suo quartiere che si perdevano.
AVV. CASTELLANETA – Che mansioni aveva Incoronato?
DICH. – All'inizio Centogrammi gli fece fare...
AVV. CASTELLANETA – Mi scusi, utilizziamo sempre il nome di battesimo e non il soprannome, grazie.
DICH. – Mi scusi, è l'abitudine. Dicevo, all'inizio Borriello Antonio gli fece fare una specie di ragazzo tuttofare, metteva la terra nel ring dei combattimenti, andava a buttare i cani moribondi, cose così.
AVV. CASTELLANETA – Quindi lei era a conoscenza che il Sig. Incoronato faceva uso di crack?

DICH. – Certo, lo sapevamo tutti. Incoronato Ciro era proprio un tossico, si faceva in maniera esagerata, stava sempre tutto fatto.
AVV. CASTELLANETA – Era per caso a conoscenza di alcune sue allucinazioni?
DICH. – Sinceramente non lo frequentavo molto, ma tutti dicevano che spesso lo sentivano parlare da solo.
AVV. CASTELLANETA – Lei lo ha mai visto?
DICH. – No, personalmente non l'ho mai visto. Ma lo dicevano tutti.
AVV. CASTELLANETA – Grazie. Non ho altre domande.
GIUDICE – Il Pubblico Ministero, prego.
PUBBLICO MINISTERO – Lei ha parlato del Sig. Incoronato come di un tossico che non conosceva bene, giusto?
DICH. – Sì, giusto.
PUBBLICO MINISTERO – Come mai ha suggerito a Borriello Antonio di scegliere proprio Incoronato Ciro come suo compagno per l'omicidio di Oliviero Teresa?
DICH. – Perché avevo bisogno di un «pescetiello».
PUBBLICO MINISTERO – Vuol dire un pesce piccolo, che contasse poco?
DICH. – Sì, voglio dire uno che non facesse troppe domande e che non potesse capire il mio piano.
PUBBLICO MINISTERO – Mi scusi, come poteva fidarsi di un tossico che non conosceva bene e che si diceva fosse impazzito dopo l'incidente?
DICH. – Mi scusi se mi permetto, ma alla fine Incoronato Ciro doveva solo guidare lo scooter e quello lo poteva fare pure tutto fatto, non c'erano problemi. Infatti quel giorno ha fatto tutto come andava fatto.
PUBBLICO MINISTERO – Non ho altre domande, Giudice.
GIUDICE – Si può accomodare, grazie.

NON CI SONO ALTRE DOMANDE.
L'IMPUTATO PUÒ ACCOMODARSI.

Martina Marinelli
Via Partenope. Napoli
21 giugno 2013. Ore 13.15

...fammi andar via / liberami / da questa prigionia / fammi andar via / risparmiami / un'altra litania / non serve a niente / dire che mi ami / ma tanto chi ci sente / se per noi / si parleranno d'ora in poi / i legami / un minuto di raccoglimento / oggi si è spento un sogno / conti fino a...

Spengo lo stereo.

Basta.

Odio la voce rauca di Claudio Baglioni. Odio le canzoni d'amore. Odio Radio Italia solo musica italiana, un'amica che *non* mi tiene compagnia. Odio lo stereo della macchina di Giulia, e soprattutto odio questa lacrima che mi sta cadendo dall'occhio destro.

Non voglio piangere. Non devo piangere. Non se lo merita. Voglio affrontare questa situazione da donna adulta. Voglio avere la forza di girare pagina dall'oggi al domani. Come si fa? Non lo so, ma lo voglio fare. Mi voglio divertire. Voglio andare a ballare tutte le sere. Voglio fare le sei del mattino. Voglio bere gin. No, il gin non mi è mai piaciuto. Voglio bere vodka. Il mojito con la vodka. Voglio vedere le facce dei barman sorprendersi alla mia richiesta. Voglio ubriacarmi. Voglio lasciarmi andare. Voglio suonare il violino.

Cavolo, oggi sono successe talmente tante cose che non mi sono assaporata come si deve il mio orgogliosissimo nove, il mio giorno di gloria. Non è giusto.

«Ti va di andare a mangiare un'insalata?» mi fa Giulia.

Poi mette la freccia, accosta e lascia passare le macchine dietro. Appena può fa inversione a U e parte in direzione lungomare liberato.

«Non è giusto che qualcuno rovini il tuo giorno di gloria.»

Avrà imparato a leggere il pensiero. Mio nonno diceva sempre che la famiglia è quella che ti capita, invece gli amici te li puoi scegliere e devi farlo bene. Io ho fatto un'ottima scelta, la migliore possibile. Scavo tra i CD e metto la nostra canzone. Non che lo sia per qualche motivo in particolare, è solo che ci piace cantarla insieme a squarciagola. Io faccio Adriano Celentano e lei Mina.

Semplici e un po' banali / io direi quasi prevedibili e sempre uguali /sono fatti tutti così gli uomini e l'amore...

Ecco, da via Partenope guardare la curva del golfo di Napoli è qualcosa di straordinario. Che le vuoi dire a questa città? Da qui non esiste l'immondizia a castello, non esiste la microcriminalità, la paura di tornare a casa da sola la sera. Non esiste la disoccupazione, la paura del Vesuvio, le strade che crollano al primo temporale, la periferia degradata, i bambini che non sanno parlare in italiano, il *mors tua vita mea*, le fesserie 'e cafè, 'e cose 'e niente, le discariche abusive, il mare inquinato, la politica del più furbo, l'aria che fa venire il tumore, il «succede solo a Napoli», il «succede da tutte le parti ma quando succede a Napoli», la puzza sotto al naso dei quartieri alti, il rumore dei clacson che in città sono vietati, i parcheggiatori abusivi, l'ignoranza, la raccolta differenziata che non si fa, i motorini che non seguono il codice della strada, la speculazione edilizia, il 137 alle sette del mattino che ci mette due ore per fare cinque chilometri. Niente. Non esiste più niente.

Nemmeno la camorra.

Ci sediamo ai tavolini del *Regina Margherita*, di fronte un pezzo di Castel dell'Ovo, Capri e la collina di Posillipo. Uno spettacolo.

Ordiniamo due insalate, acqua naturale e focaccia al posto del pane.

Sto bene, potrei dire di essere felice, e forse lo sono. Forse da qui non esistono più nemmeno Rino Petrone e gli anni passati insieme a lui. Da qui il cameriere che ci sta portando le insalate sembra un gran pezzo di ragazzo.

«Oh, hai visto quant'è bello questo?» mi fa Giulia.

Lei che ci sa fare a differenza mia, sfoggia un sorriso da grandissima *stronza*, e lui come ogni uomo che si rispetti ci casca alla grande. Non c'è niente da fare, gli uomini sono dei vanesi insopportabili.

«Non sarebbe male come chiodo schiaccia chiodo, no?»

Certo, non sarebbe affatto male, ma adesso non voglio nessun chiodo che schiacci altri chiodi, adesso voglio solo mangiare quest'insalata e godermi il panorama. Perché da qui, Napoli è la città in cui mi piace vivere.

Da quando il sindaco ha liberato il lungomare dal traffico, questa città ha scoperto di avere uno dei luoghi più belli al mondo. Alla faccia di quella speciale classifica che la vede sempre tra gli ultimi posti per qualità della vita. Noi, infatti, abbiamo mangiato la nostra insalata baciate da un fantastico raggio di sole e ora stiamo passeggiando in direzione di Mergellina, se non è qualità della vita questa. Per finire il pomeriggio di deliziosa evasione, decidiamo di prendere in affitto due biciclette e pedaliamo percorrendo andata e ritorno tutto il lungomare. Arriviamo all'altezza di Castel dell'Ovo, scendiamo dalle biciclette e le spingiamo a mano all'interno del borgo marinaro, ci sediamo al tavolo di un bar e ordiniamo due caffè. Insomma, la fuga è riuscita. Abbiamo dimenticato Rino e Gianni, i loro problemi e i nostri, il signor Migliaccio e il suo tentato suicidio. Abbiamo dimenticato tutto. Ricordo che una volta, ho sentito un attore raccontare che amava il momento in cui era sul palcoscenico perché per il tempo dello spettacolo scompariva tutto quello che apparteneva alla vita reale. Ecco, questo lungomare per qualche ora è stato il nostro palcoscenico e noi delle fantastiche attrici.

La suoneria del cellulare ci riporta alla realtà, maledetto.

È la madre di Rino. Giulia non sceglie da che parte stare e abbassa lo sguardo per lasciarmi decidere da sola. Rifiuto la chiamata. Il cameriere ci porta i caffè, rigorosamente amari. Il suono d'avviso della ricezione di un SMS mi fa capire che non sarà semplice mettere la parola fine a questa storia. Guardo il display. È ancora lei.

TI PREGO CHIAMAMI, È SUCCESSA UNA TRAGEDIA IN FABBRICA.

Lo leggo ad alta voce per farlo sentire a Giulia che non ha dubbi, la devo chiamare. Lo faccio. Mi spiega che c'è stato un incendio in fabbrica, e dalle prime ipotesi pare che sia doloso, finisce dicendo che è preoccupata per Rino perché l'ha visto catapultarsi in macchina e andare via come una furia, ha provato più volte a chiamarlo ma ha il telefono spento.

Paghiamo in fretta i due caffè lasciando i soldi sul tavolo e non aspettiamo il resto. Pedaliamo veloce scansando un po' di bambini con le loro baby-sitter filippine e arriviamo in un baleno nel punto di riconsegna delle bici in affitto. Intanto provo più volte a chiamare Rino ma mi risponde sempre la vocina registrata.

«Lo sai che non sono preoccupata per Rino? Sentimentalmente parlando dico. Cioè, capiscimi, lo sono ma semplicemente come essere umano...»

«Marti', ne parliamo un'altra volta», taglia corto.

Siamo in macchina, direzione Petrone Porte a Villaricca. Certo, non era il momento per affrontare quel discorso, ma io sono serena e in altri tempi non lo sarei stata: ho appena scoperto che non sarà così difficile voltare pagina. L'ho già fatto.

Sono anacronistica, lo so, ma da quando ho avuto l'età per capire come funzionano le cose, ho sempre creduto e sperato che l'uomo con cui avrei fatto l'amore per la prima volta sarebbe stato quello di tutta la vita. Ricordo eccome il conflitto con il mio corpo che cresceva troppo in fretta, mi vergognavo di essere già così formata per la mia età ai tempi delle scuole medie. Quanto odio per quel seno che scatenava gli ormoni impazziti dei miei compagni e di qualche vecchio professore *rattuso*. Nelle foto di classe mi sistemavo nelle ultime file sperando che fosse inquadrato solo il viso. A guardarle ora, quelle foto, è impressionante come appaia molto più grande di tutto il resto della classe. Per strada era un continuo girarsi a guardare, un misto di fischi e apprezzamenti poco gentili, un accumulo di voracità sessuale eccessiva per una ragazzina di appena dodici anni. Oggi, a differenza di allora, mi capita di vedere in giro ragazzine che a dodici anni sanno già il fatto loro, e lo sfruttano come si deve il regalo di madre natura.

Sei anni in meno di mia sorella era una distanza incolmabile, anche se fisicamente potevo tranquillamente uscire con lei e le sue amiche diciottenni senza che si notasse minimamente la differenza. All'epoca pensavo solo a suonare il violino, andare a scuola di danza e due volte a settimana a nuoto. Mia sorella e le sue amiche invece correvano dietro le firme da paninari anni '90, cantavano con Simon Le Bon e impazzivano per Nick Kamen che si sfilava i jeans in una lavanderia automatica.

A scuola mi chiamavano «Robocop», ero l'unica donna a tener testa ai maschietti e ai loro scherzi idioti; i maschi a quell'età, a differenza delle femmine, sono davvero stupidi. Ricordo una volta in cui recuperai a un mio compagno di classe, uno di quelli che si trascinava dietro il codazzo di amici lecchini e di ragazzine innamorate pazze, un mazzo intero di figurine Panini. Che figura gli feci fare. Non me l'ha mai perdonata. Ero in terza media e nella mia, ma credo in tutte le scuole d'Italia, a quei tempi il passatempo maggiore per i ragazzini era giocare a figurine. Quelle dei calciatori.

Si sfidavano in due, mettevano sul pavimento o sul banco di scuola una figurina a testa, una accanto all'altra con la foto dei calciatori rivolta verso l'alto, e chi riusciva a capovolgerle se le aggiudicava. Per riuscire a capovolgerle si poteva soffiare con la mano, facendo un gesto simile a quello che si fa per accendere il fuoco in una brace, oppure battere le mani a terra creando uno spostamento d'aria. Quel giorno la sfida era tra uno spaccone della terza G e il mio compagno di classe, che perdeva figurine dopo figurine e il suo mazzo si assottigliava sempre di più. Senza pensare alle tragiche conseguenze mi proposi di giocare al posto suo. Recuperai tutte le figurine perse e vinsi gran parte di quelle avversarie, costringendo l'esaltato della terza G a una resa che gli costò settimane di sfottò: aveva perso contro una femmina, che vergogna. Il mio compagno di classe evitò di salutarmi fino all'ultimo giorno delle medie.

Intanto siamo usciti a Casoria e abbiamo fatto inversione a U in direzione di Villaricca. All'altezza dell'UCI Cinema c'è sempre un po' di traffico, appena la strada si allarga e ci si immette sulla sopraelevata si cammina senza intoppi. Quanto mi è diventata familiare questa zona, le prime volte facevo fatica a capire le direzioni e soprattutto mi tremavano le gambe dalla paura. Sul conto di questa strada si raccontano storie di ogni genere, che non hanno mai dei finali rassicuranti. Ora non ho più paura, nonostante sappia benissimo che non è diminuito il grado di pericolosità da quando la percorro abitualmente. Sento il rombo di un aereo e allungo il collo per godermi la scena, da qui gli aerei passano a un palmo dal naso prima di atterrare a Capodichino. Ci sovrasta la pancia di un Boeing enorme, dico a Giulia che dobbiamo fare un bel viaggio.

«Voglio andare in Brasile», mi fa.

Amo la mia amica, non dice mai cose scontate. Assecondo il suo desiderio e comincio a fantasticare immaginandoci sulle spiagge di Copacabana, tra le strade di Rio, sotto al Cristo Redentore o sulla funivia che sfiora il Pan di Zucchero.

«Se davvero dovessimo andare in Brasile, voglio vedere le cascate dell'Ignazù.»

Sarà una questione d'affetto, ma sono convinta che Giulia sia tra le donne più originali e sorprendenti di questa città, e per fortuna è mia amica. Le chiedo cosa cavolo sono queste cascate dell'Ignazù, che se mi avesse detto essere una montagna sarda, ci avrei creduto senza battere ciglio. Prende fiato per rispondere ma è interrotta dalla suoneria del suo cellulare. È Gianni. Le dico di rispondere. Lo fa, fredda e distaccata. Gianni dopo un paio di domande generiche, lo capisco dalla tipologia di risposte di Giulia, torna sull'argomento che li ha fatti litigare in ospedale. Infatti, quando chiude la telefonata, Giulia ha perso la serenità che il lungomare liberato, l'insalata portata dal bel cameriere, la passeggiata in bicicletta e il caffè al borgo le avevano donato. Dice che dovrebbe trovare il coraggio per fare come me, lasciarlo. So benissimo che non lo pensa sul serio. Giulia e Gianni sono innamorati pazzi, solo che hanno dei caratteri forti e quando si scontrano è una lotta fra titani.

La strada, come previsto, si è liberata e scivoliamo veloci verso Villaricca. Nei prossimi mesi, forse anni, eviterò di percorrere questa strada, me ne voglio liberare. Voglio tornare a viverla con quella diffidenza di un tempo. A pensarci bene, la strada degli americani rappresenta la storia tra me e Rino: nata sotto i migliori auspici, utile a collegare il cuore della città con le sue arterie più profonde per cercare di cancellare la distanza tra il centro urbano e la campagna. Innovativa per i due sensi di marcia, insomma, il bello che avanza. Oggi questa strada è irriconoscibile, puzza d'immondizia, si sta logorando perché abbandonata al suo destino per superficialità, per interessi personali, per egoismi sterili, perché una strada è come una storia d'amore, se la lasci andare, muore.

Provo a esprimere questo concetto a Giulia che lo ascolta con un'attenzione che mi fa credere di aver detto qualcosa d'intelligente ma non è così. Scoppia a ridere, quella risata che riconosco, quella che quando ci prende non ci molla più. Non posso fare altro che ridere con lei aspettando che arrivi il singhiozzo per smettere.

La pacchiana insegna luminosa della Petrone Porte è velata da una nuvola di fumo scuro e i lampeggianti della polizia insieme con quelli dei vigili del fuoco illuminano la scena come in un set cinematografico. Smettiamo di ridere e ci avviciniamo, lentamente. Riconosco la macchina di Rino, poco distante c'è anche lui. Non è solo. La sagoma di una donna gli tiene la mano, lo consola. Lui le sta dicendo qualcosa, è agitato.

«Cammina ancora un po', non riesco a vedere bene.»

Giulia si divincola nel traffico di curiosi e quando sto per individuare la donna che gli sta vicino, la vedo avvicinarsi a Rino e baciarlo.

«Stai calma, ti prego», mi fa Giulia, preoccupata.

«Sono calmissima.»

Non c'è un momento preciso in cui si smette di essere una ragazza e si diventa una donna. Non c'è un segnale, un interruttore da premere, un giro di boa, una bandiera a scacchi, niente. Succede e basta.

Io l'ho capito quando i sei anni di differenza tra me e mia sorella si sono azzerati. Quando improvvisamente abbiamo cominciato ad avere gli stessi interessi, parlare la stessa lingua, nascondere gli stessi segreti. Quando, insomma, ho scoperto di avere una sorella che non viveva in un mondo così lontano dal mio, ed era chiaro che fossi stata io a entrare nel suo e non il contrario.

Ho cominciato a uscire con lei e le sue amiche senza che

mi presentassero più come la sorella piccola ma semplicemente con il mio nome. Giulia, all'inizio, si opponeva alla possibilità di frequentarle, diceva che avrebbe preferito dei nostri coetanei, poi ha conosciuto un paio di ragazzi della comitiva e ha cambiato idea. Tra l'altro, a questi ragazzi faceva molto piacere la nostra presenza, e siccome non si sono preoccupati di nascondere il loro interesse nei nostri confronti, è partito furente il tango della gelosia, non tanto di mia sorella quanto delle sue amiche. A pensarci oggi, avrei preferito che questa benedetta gelosia avesse portato a qualche conseguenza concreta, che so, un litigio furibondo che ci avrebbe allontanato da quel gruppo, invece niente, si sono limitate a guardarci male e a sputare veleno ma non abbastanza da cambiare il corso del destino: uno dei ragazzi della comitiva, ebbene sì, era Rino Petrone. Giulia appena ha intuito che il suo interesse non mi lasciava indifferente, ha profuso il massimo sforzo affinché non succedesse nulla, ma poi ha mollato pensando di sbagliare. Certo, non posso biasimarla; se si è fermata, l'ha fatto per me. Conoscendola, dovevo apparire molto convinta per bloccarle la furia di distruzione. E lo ero, convinta. Che ci posso fare, mi affascinava quel suo modo di avere sempre il controllo della situazione, di saper gestire e risolvere qualsiasi tipo di problema. In fondo ero una ragazzina sprovveduta e Rino mi sembrava un uomo che conosceva il mondo e me lo poteva presentare. Chissà come ho fatto a non ascoltare i consigli decisi di Giulia e quelli più morbidi di mia sorella, che pur non prendendo una posizione decisa mi faceva intuire il suo dissenso. È proprio vero che quando sei dentro una storia fingi di non vedere, oppure abbozzi aspettando un momento migliore per parlare e nel frattempo qualcosa si spezza e niente sarà più come prima. Ammesso che ci sia stato un prima, ma non voglio esagerare, credo ci sia stato, anzi ne sono certa, soltanto che non me lo ricordo perché annientato dalla bruttezza del dopo. Rino mi ha fatto sentire sola, ed è una cosa che non si può sopportare in un rapporto di coppia. Non si è mai preoccupato dei miei segnali, o forse non li ha proprio visti; troppe volte mi ha fatto sentire trasparente, ha esaudito pochissimi miei desideri, non mi ha fatto sentire importante. Credo sia stato un suo modo di aiutarmi a crescere, ma non ha mai fatto i conti con il mio modo di voler crescere. Rino è sempre stato come un cavallo con i paraocchi che corre veloce nella sua corsia in direzione della meta che ha prefissato. Non mi ha mai fatto sentire protetta, come quella volta che un mio maestro m'invitò a suonare in un'orchestra per un concerto di Natale. Era in una chiesa di un paesino in provincia di Avellino, onestamente niente di che, ma per me valeva come una première alla Scala: il mio primo concerto in un'orchestra. Non sono mai stata un talento a esprimere chiaramente i miei sentimenti ma sono sicura di avergli fatto capire benissimo che volevo ci fosse anche lui. Certe cose, il «tuo uomo» le deve capire anche senza che gli siano imboccate con il cucchiaino.

Quel giorno volevo essere felice e godermi il mio primo concerto e non mi lasciai influenzare dal suo comportamento. Il maestro mi propose di passarmi a prendere e accettai volentieri, durante il viaggio ripetemmo quello che andava fatto da lì a poche ore. Il paesino, di cui non ricordo il nome, era in cima a una montagna. Il clima era più fresco rispetto al caldo di Napoli e nell'aria c'era ancora odore di legna bruciata. In chiesa non si vedeva altro che una quantità di vecchiette rugose di cui ricordo solo la testa coperta da un foulard nero, segno di un lutto perenne.

Il concerto scivolò via come acqua su olio. Dopo qualche incertezza iniziale dovuta all'emozione, riuscii addirittura a divertirmi, e proprio quando avevo conquistato una fiducia sorprendente, dovetti suonare l'ultimo pezzo. Avrei voluto fosse interminabile, avevo voglia di suonare ancora, di non smettere più, di far diventare quelle vecchiette immortali con la mia musica. Durante il viaggio di ritorno mi faceva compagnia un bel sorriso stampato sulla faccia e in testa le note che avevo suonato. Il maestro non aveva più aggettivi per complimentarsi, mi parve eccessiva tutta quella stima, in fondo ero solo una semplice allieva con un mondo ancora da imparare. Imboccò un'uscita dell'autostrada diversa da quella che mi avrebbe riportato a casa.

«Maestro, ha sbagliato l'uscita.»

«Devo passare allo studio per lasciare lo strumento.»

M'invitò a salire. Provai a declinare.

«Ho paura a lasciarti da sola in macchina, questo quartiere è pericoloso.»

Lo studio era un appartamento adattato a sala di registrazione, con i muri insonorizzati e una quantità di strumenti che mettevano a proprio agio un musicista. Lo ero, fino a quando mi sfiorò il viso con la mano e disse che mi avrebbe preparato un caffè. I suoi occhi avevano qualcosa di tremendamente viscido. Era alto e grosso. Chiatto. Mi faceva schifo. Mi rifugiai in bagno e chiusi a chiave la porta, presi il telefono dalla borsa e composi il numero di Rino. Gli implorai di venirmi a prendere. Rispose che me l'ero cercata e me la dovevo cavare da sola.

Bevvi il caffè con la speranza che mi stessi sbagliando, ma il suo sguardo infido mi lasciava presagire il peggio. Non mi sbagliavo, forse non riuscii a finire nemmeno il caffè e me lo ritrovai pesante su di me che cercava di baciarmi. Mi sussurrò in un orecchio che sognava quel momento da quando avevo cominciato a prendere lezioni da lui, cioè da quando ero poco più che una bambina. Provai a scostarlo ma con forza ripiombò sulle mie labbra. Mi sforzavo di tenerlo lontano e lui con le mani provava ad aprirmi la bocca. Ci riuscì e provò a infilarmi la lingua in bocca. Sentii l'umido della sua saliva e forse anche il contatto della sua lingua con la mia bocca. Non me lo ricordo. Ancora una volta provai ad allontanarlo. Stavolta ci riuscii. Vidi nei suoi occhi una leggera indecisione e provai a dirgli che aveva frainteso qualcosa. Mi avvertì che stavo sbagliando a comportarmi in quel modo, avevo ancora un esame da fare con lui e quell'atteggiamento avrebbe potuto comprometterlo. Avrei preferito non finire il conservatorio piuttosto che cedere a quel ricatto. Recuperai il violino dalla poltrona, mi allontanai riuscendo ad aprire la porta e scappai via. Una volta in strada mi resi conto che non sapevo proprio come tornare a casa e mentre stavo cercando di chiamare Rino, lo vidi uscire dal portone e indicarmi la sua macchina. Mi fidai, non avevo tante altre scelte. Facemmo il tragitto fino a casa nel più totale silenzio che aveva il sapore forte dell'imbarazzo, solo quando arrivammo e stavo per scendere dalla macchina ebbe il coraggio di parlare.

«Hai sbagliato tutto. Ci vediamo all'esame.»

Non ho mai raccontato a nessuno questo episodio, nemmeno a Rino, che nonostante la telefonata non mi ha mai chiesto come fosse andata a finire. Ho subito in silenzio la vendetta del maestro, dovendo ripetere per tre volte l'esame, e ancora oggi mi chiedo se ho fatto la cosa giusta a non parlare con nessuno, a non denunciare. Di certo se Rino fosse venuto a prendermi, o meglio mi avrebbe accompagnato, tutto questo non sarebbe mai successo.

Spesso un argomento delle nostre discussioni è il vociare pettegolo che racconta di una tresca tra Rino e la sua segretaria. Lui nega con forza e apostrofa con parole denigratorie l'aspetto fisico, evidentemente ritoccato chirurgicamente, della sua segretaria, alla quale però riconosce delle grandi capacità nel suo lavoro considerandola indispensabile. Lei, dal canto suo, ha sempre avuto nei miei confronti un atteggiamento di stima, e Rino con la scusa di rassicurarmi ha insistito a invitarla in occasioni come compleanni o cene varie. La stronza si è sempre presentata con un suo caro amico assumendo un atteggiamento che non lasciava presumere nulla. La stessa Giulia, che ha l'occhio lungo su queste cose, non mi ha mai messo in guardia pur sapendo che giravano certe voci. Insomma, me l'hanno fatto sotto gli occhi.

«Che vuoi fare?» mi chiede Giulia con un po' di apprensione.

«Niente. Gli vado a dire di chiamare la madre che si sta preoccupando.»

Scendo dalla macchina con una calma zen. M'investe l'odore acre di bruciato, la scena è apocalittica, l'incendio ha delle dimensioni enormi e i vigili del fuoco faticano a domarlo. Sento la voce di Giulia che urla il mio nome, mi volto e la vedo con la testa fuori dal finestrino che alza in aria le solite due dita in segno di vittoria. Mi sento forte, non ho altre sensazioni che questa. Cammino tra le persone che commentano l'incendio come se fossi la protagonista di un colossal americano. La macchina da presa inquadra il mio viso in primo piano. I miei occhi non distolgono lo sguardo da Rino che continua le evidenti effusioni con la sua segretaria. Se questo è sempre stato il loro atteggiamento, capisco il perché dei pettegolezzi. La stronza gli sta carezzando la nuca e ogni tanto gli fa dei grattini con le sue unghie smaltate, un brivido mi corre lungo la schiena, sarà perché pensavo che farsi carezzare la testa fosse un'intimità solo nostra. Chissà, invece, quante volte avrò carezzato quei capelli che la stronza aveva da poco toccato. Quante volte avrà fatto l'amore con me prima o dopo averlo fatto con lei. I brividi lungo la schiena aumentano. La puzza di bruciato è nauseante, qualcuno ha dei fazzoletti davanti alla bocca per cercare di non respirare quest'aria irrespirabile. Scavo nella borsa e trovo un mazzo di chiavi. Ne stringo una tra le mani, la più lunga. Mi avvicino all'auto di Rino e allungo la mano in modo che la chiave strisci a fondo sulla lamiera. Il mio passaggio lascia una scia lungo la fiancata dell'auto come quella degli aerei in cielo. Questa cosa lo farà impazzire. Rino ha una fissazione patologica per le auto, a questa ci tiene particolarmente. Mi ha sempre detto che finalmente insieme a una donna fissa, che sarei stata io, aveva trovato anche un'auto fissa. Sta perdendo tutte le certezze della sua vita e non se ne sta nemmeno rendendo conto. Mi volto e provo soddisfazione a osservare il lavoro fatto, la fiancata dell'auto ha un graffio bianco che pare l'opera d'arte di un emissario ingaggiato dal più bastardo dei carrozzieri. Ora non mi resta che finire il lavoro. Mi avvicino ai due piccioncini. Incrocio lo sguardo dimesso di Gino il custode che mi saluta con un cenno della testa. Ha la morte negli occhi. Tocco la spalla di Rino sfiorando il braccio della stronza che immediatamente lo allontana.

«Hai visto che cazzo hanno combinato?»

Non gli rispondo. Lancio un'occhiata alla stronza che abbassa subito lo sguardo. Brava, guarda a terra, puttana. Rino con tanto di coda di paglia prova a concentrare l'attenzione sull'incendio.

«Gliela farò pagare cara, non sanno con chi hanno a che fare.»

Non mi scompongo, non provo nemmeno il senso di fastidio che mi procura il suo solito modo di dissimulare. Sono forte. Sono la protagonista di un colossal americano e non ho nulla da temere.

«Chiama tua madre, è molto preoccupata», gli dico con una voce smisuratamente serena. Rivolgo lo sguardo alla stronza che sta ancora con gli occhi fissi sull'asfalto. Forse è proprio una donna come lei che si merita. Forse saranno anche felici. Forse sono io di troppo.

«Stronza, puoi tornare a carezzargli la testa.»

Ho una pace interiore che li sorprende. Lei ha uno strano sussulto, come a cercare di manifestare un tentativo mal riuscito di smentita. Rino prova a farfugliare qualcosa ma nemmeno lo sento. Mi giro e me ne vado. Soddisfatta. L'inquadratura mette in primo piano i miei occhi orgogliosi e sullo sfondo la faccia da ebete di Rino e lo sguardo da zoccola della stronza. Mi fermo di colpo, mi rendo conto che la mia missione non è compiuta. Torno indietro. Rino ha la faccia di chi non sa proprio come affrontare la situazione. La stronza ora vuole sembrare una donna determinata e non abbassa più lo sguardo, non ha capito che di lei non me ne frega proprio niente. Mi avvicino a Rino.

«Scusa, dimenticavo questo», gli dico, poco prima di alzare il braccio con la borsetta e assestargli un colpo preciso e forte sul naso rotto.

TRIBUNALE DI NAPOLI
SEZIONE MONOCRATICA

Procedimento penale n.1308/81 - Udienza del 14/12/2014

Procedimento a carico di – Scognamiglio Carmine – Escussione dell'imputato: Scognamiglio Carmine

GIUDICE – L'imputato Scognamiglio Carmine risulta presente e non si è avvalso della facoltà di non rispondere, giusto?
DICH. – Giusto.
GIUDICE – Va bene, procediamo.
Si dà atto che trattasi di escussione dell'imputato unicamente da parte del Tribunale su accordo delle parti.
GIUDICE – Sig. Scognamiglio, ci può raccontare cos'è successo la sera del 21 giugno 2013 quando a bordo della Fiat Tipo di proprietà del Sig. Incoronato Ciro, siete venuti a contatto con una Citroën C3 di colore blu?
DICH. – Eravamo sulla circumvallazione esterna in direzione Casoria quando il Sig. Incoronato ha deciso di accontentare il desiderio della persona che nella sua testa occupava il sediolino posteriore.
GIUDICE – Mi scusi, quindi lei dichiara che il Sig. Incoronato parlava con qualcuno che immaginava seduto sul sedile posteriore?
DICH. – Sì, per tutto il tempo. Ha deciso di seguire la Citroën C3 proprio su richiesta di questa persona immaginaria.
GIUDICE – Mi scusi, ma come fa a sostenere quest'affermazione?
DICH. – Ho sentito il Sig. Incoronato parlare al sedile posteriore, che era vuoto, e dire: «Ogni tuo desiderio è un ordine». Prima che

decidesse di seguire la macchina. Anzi, ha anche chiesto affiancando la Citroën: «Ti piacciono queste due?»
GIUDICE – L'ha sempre chiesto alla persona immaginaria?
DICH. – Sì.
GIUDICE – Poi cos'è successo?
DICH. – Ha cominciato a seguire la Citroën. Si faceva notare suonando il clacson e abbagliando l'auto con i fari lunghi. A un certo punto, l'ha tamponata.
GIUDICE – E lei cos'ha fatto?
DICH. – Ho provato a fargli cambiare idea ma il Sig. Incoronato mi ha urlato di stare zitto altrimenti mi avrebbe sparato.
GIUDICE – Lei ha tentato fisicamente di distogliere il Sig. Incoronato da quell'azione?
DICH. – Solo una volta, ho provato a girare lo sterzo ma ho desistito perché mi ha colpito con uno schiaffo sulla faccia e mi ha giurato di spararmi se l'avessi fatto ancora.
GIUDICE – Vada avanti.
DICH. – Più volte ha provato a superare la Citroën che ci precedeva senza riuscirci e questa cosa lo ha innervosito ulteriormente. Urlava. Imprecava. Si rivolgeva al sedile posteriore dicendo di stare calmo che ce l'avrebbero fatta.
GIUDICE – A fare cosa?
DICH. – Non saprei, credo che lo scopo fosse quello di spaventare, ma non ne sono certo.
GIUDICE – Prosegua pure.
DICH. – A un certo punto, il muso della nostra macchina è arrivato quasi a metà della loro. In quel momento, Ciro ha sterzato leggermente verso destra e ha toccato la fiancata dell'altra macchina. Poi ha sterzato veloce verso sinistra e lo spostamento improvviso mi ha fatto sbattere la testa contro il montante centrale.
GIUDICE – Il Sig. Incoronato, si è accorto di questo incidente?
DICH. – Sì, assolutamente. Mi ha preso in giro e mi ha consigliato di tenermi forte perché eravamo solo all'inizio. Poi ha continuato a seguire l'auto fino a riuscire quasi a superarla. Ci siamo

affiancati alla Citroën al punto che ho riconosciuto alla guida la ragazza bionda.

GIUDICE – Ha riconosciuto chi fosse la ragazza alla guida?

DICH. – No, mi scusi, ho solo visto che era una ragazza bionda, ma non l'ho riconosciuta.

GIUDICE – Ho capito.

DICH. – Anche perché istintivamente ho abbassato la testa.

GIUDICE – Perché ha fatto questo gesto?

DICH. – Non lo so, è stato istintivo. Forse perché non volevo farmi vedere mentre partecipavo, mio malgrado, a quella cosa.

GIUDICE – Non voleva farsi vedere da chi?

DICH. – Dalle due ragazze.

GIUDICE – Continui.

DICH. – Ciro è riuscito a superare la Citroën, pensavo avesse deciso di smetterla perché accelerava e si distanziava, ma a un certo punto ha frenato e ci siamo fermati di traverso in mezzo alla strada. A questo punto anche la Citroën è stata costretta a frenare, e credo che nel frenare si sia spenta.

GIUDICE – Crede o ne è sicuro?

DICH. – Credo, perché non ho più sentito il motore e non si sono mosse da lì.

GIUDICE – Voi cos'avete fatto?

DICH. – Io ho alzato la testa perché ho sentito Ciro scendere dalla macchina.

GIUDICE – Il Sig. Incoronato è sceso dall'auto?

DICH. – Sì.

GIUDICE – Perché?

DICH. – Non lo so. Si è fermato in mezzo alla strada e ha guardato in direzione della Citroën. Poi ha cominciato a camminare verso di loro. Solo a quel punto ho sentito di nuovo il motore della loro macchina e ho visto che si muoveva andando in avanti. Hanno provato a investire Ciro che scansandosi ha colpito il vetro del passeggero con un pugno, frantumandolo.

GIUDICE – Ha visto il vetro infrangersi?

DICH. – Ho sentito il rumore e poi l'ho visto rotto quando la macchina è passata di fianco alla nostra.
GIUDICE – Il Sig. Incoronato si è ferito?
DICH. – Sì, aveva il sangue che gli usciva dalla mano destra. Ho sperato che questa cosa mettesse fine all'inseguimento, invece Ciro era più arrabbiato di prima e ha ricominciato a correre molto veloce ed è riuscito a ritornare alle calcagna della Citroën percorrendo un paio di rotonde in cui non ha mai tolto il piede dall'acceleratore.
GIUDICE – In tutto quel tratto di strada non avete incrociato nemmeno un'auto?
DICH. – Ne ho vista qualcuna sulla corsia opposta, ma nessuna sulla nostra. Quando Ciro è riuscito a raggiungere di nuovo la Citroën non ha mai frenato fino a quando non l'ha tamponata a una velocità più o meno vicino ai novanta all'ora.
GIUDICE – Cos'è successo dopo l'impatto?
DICH. – Ho sentito rumore di vetri che si spaccavano e ho visto il loro paraurti volare via. Non contento, Ciro l'ha tamponata ancora, almeno altre tre o quattro volte.
GIUDICE – Lei non ha più provato a distogliere il Sig. Incoronato da quell'azione?
DICH. – No.
GIUDICE – Ci racconta il momento dell'incidente?
DICH. – Eravamo affiancati alla Citroën e Ciro sterzava verso destra per spingere le ragazze contro il guardrail. Soltanto che a un certo punto è finito il guardrail e Ciro ha spinto l'auto delle ragazze fuori strada. La macchina è finita nella piccola scarpata al lato della strada, dove c'è una cunetta di terra che ha fatto impennare l'auto prima di farla sbattere con il muso contro un palo della luce.
GIUDICE – Voi cos'avete fatto in quel momento?
DICH. – Ciro ha frenato e io d'istinto sono uscito dall'auto e sono andato di corsa accanto alla Citroën.

GIUDICE – Ricorda d'aver visto qualcun altro? C'era qualcuno per strada?
DICH. – Non ricordo perché non ho guardato, ma nessuno si è avvicinato alla Citroën, questo lo ricordo.
GIUDICE – Poi cos'è successo?
DICH. – Mi sono accorto che la ragazza alla guida era svenuta mentre quella al suo fianco si lamentava dicendo che le faceva male una gamba. Ho chiamato Ciro per farmi dare una mano, poi ho provato a togliere la cintura alla ragazza ma lei ha urlato dal dolore.
GIUDICE – Ha dichiarato di aver riconosciuto le due ragazze, giusto?
DICH. – Sì, in quel momento le ho riconosciute.
GIUDICE – Continui pure.
DICH. – In che senso?
GIUDICE – Ci stava raccontando di aver chiamato il Sig. Incoronato per aiutare le ragazze, giusto?
DICH. – Ah, sì, certo. Ciro non ne voleva sapere, mi urlava di tornare in macchina per andare via. Poi è venuto sulla cunetta e mi ha minacciato con la pistola. Sono stato costretto a tornare in macchina contro la mia volontà.
GIUDICE – Si era accorto della gravità della situazione?
DICH. – Ero molto agitato e scioccato, ma ho capito che l'impatto con il palo era stato forte.
GIUDICE – Lei conferma di non aver chiamato i soccorsi?
DICH. – No, non li ho chiamati.
GIUDICE – Avrebbe potuto farlo?
DICH. – Non lo posso dire. Ciro non mi ha mai lasciato da solo, ho pensato di chiamare un'ambulanza con il telefonino ma non so se me l'avrebbe permesso.
GIUDICE – Ma non ci ha nemmeno provato, giusto?
DICH. – No, non ci ho provato.
GIUDICE – Sa dare una spiegazione a questo atteggiamento?
DICH. – Avevo paura.

GIUDICE – Perfetto. Non ci sono altre domande, grazie.

DICH. – Posso fare una dichiarazione spontanea?

GIUDICE – Prego.

DICH. – Molto probabilmente sarò condannato solo perché ero in quella macchina e non ho fatto niente per evitare tutto quello che è successo. Ho capito che la giustizia pretende delle risposte pure quando non ci sono, l'ho capito perché da quando è successo tutto, mi sono state fatte un milione di domande, ma nessuno mi ha mai chiesto se penso di essere colpevole o innocente. Ho capito che non sta a me decidere. Voglio chiedere pubblicamente scusa alla famiglia di quella povera ragazza, la giustizia non vi restituirà vostra figlia ma forse vi darà la forza per andare avanti e io ne sono contento, è il minimo che posso fare. Se ho una colpa, è quella di non aver avuto la forza di fermare quella follia e di questo mi pento e mi pentirò per sempre.

Ma soprattutto voglio chiedere scusa a mia madre e alla mia fidanzata, che vedo presenti in aula. Vi chiedo scusa, non perché sono colpevole, ma perché vi ho deluso e questo mi fa stare male più di qualsiasi condanna che mi daranno. Mi dispiace. Ho finito, grazie.

GIUDICE – Si può accomodare, grazie.

NON CI SONO ALTRE DOMANDE.

L'IMPUTATO PUÒ ACCOMODARSI.

GIUDICE – Chiamiamo il prossimo teste.

AVV. CASTELLANETA – Chiamo a testimoniare la signora Apicella Carmela.

GIUDICE – Facciamo accomodare la signora, grazie.

Martina Marinelli
Sala Bingo. Villaricca
21 giugno 2013. Ore 18

Sono lontani quei momenti / quando uno sguardo provocava turbamenti / quando la vita era più facile / e si potevano mangiare anche le fragole / perché la vita è un brivido che vola via / e tutto un equilibrio sopra la follia.

Giulia si è goduta lo spettacolo dalla macchina in stile Drive In, e mentre tornavo vincitrice ha infilato il CD nel lettore. Per noi questo pezzo è come *Un giorno all'improvviso* allo stadio San Paolo quando vince il Napoli. Ora la stiamo cantando a squarciagola mentre ci allontaniamo dall'incendio della Petrone Porte.

Forse la vita non è stata tutta persa / forse qualcosa si è salvato / forse davvero non è stato poi tutto sbagliato / forse era giusto così / forse ma forse ma sì...

Allungo la i seguendo la voce che esce dalle casse. Sulla destra l'insegna baluginante di una sala Bingo attira la nostra attenzione. In un attimo il sì della canzone diventa quello che fa deviare la corsa verso il parcheggio. Il giovedì al Bingo è un appuntamento fisso, sappiamo che è trash ma ci rilassa, che ci possiamo fare. Alla fine ci applichiamo anche a giocare, ma soprattutto ci andiamo per raccontarci le nostre cose.

Sulle scale d'ingresso c'è un gruppo di ragazzi che si fa notare. Fischi, riferimenti sessuali e sguardi arrapati la fanno da padrone. Scegliamo la sala fumatori decidendo che ci tratterremo giusto il tempo di una sigaretta. Dividiamo il tavolo con una signora sulla settantina, tirata a lucido come se dovesse partecipare a una serata di gala. Con il tempo abbiamo scoperto che le over sessanta sono le maggiori frequentatrici delle sale Bingo, sperperano la misera pensione alla ricerca di una fortuna che molto raramente arriva. Intanto abbiamo acquistato le nostre cartelle e aspettiamo che cominci il gioco, abbiamo anche ordinato tre caffè al servizio bar, uno lo abbiamo offerto alla nostra vicina di gioco. Ci racconta di essere seduta a questo tavolo dall'orario di apertura della sala e di aver già perso la bellezza di duecento euro. Il computer ha cominciato a far girare le palline e dalle casse la voce dello speaker annuncia i primi numeri. Mi capita spesso di pensare a mia nonna, sarei andata personalmente a tirarla fuori da ogni sala Bingo in cui avrebbe messo piede.

«Cinquina», urla un tizio seduto a due tavoli di distanza da noi. La nostra amica di gioco bestemmia tra i denti, ci mostra avvilita la sua cartella e ci uniamo allo sconforto, le mancava un solo numero per fare cinquina. Io ne avrò segnati al massimo una decina sparsi sulle tre cartelle che ho davanti, Giulia qualche numero in più, comunque niente di che. Quando si parte così è matematico che non c'è possibilità di fare Bingo. La signora decide di sostituire il pennarello con cui stava segnando i numeri scegliendone accuratamente uno nuovo dal portapenne sul tavolo, come fosse un amuleto, e in attesa di segnare i prossimi numeri ammazza il tempo facendo strani disegni ai bordi della cartella. Il gioco riparte e dopo poco un altro giocatore urla di aver fatto Bingo. La nostra vicina di gioco non ne può più, con stizza prende un accendino e brucia le tre cartelle ingolfando il posacenere di carta bruciata. Arriva il garzone del bar con il caffè.

«I ragazzi sono ancora fuori?» gli chiede la signora.

«Sì», le risponde lui con un filo di amarezza.

I caffè costano tre euro e sessanta. Gli do cinque euro e mi assicura che al prossimo giro mi porterà il resto. La nostra amica di gioco se lo scola in un sorso, raccoglie le sigarette e si alza dal tavolo.

«Vado a fare un rifornimento.»

Non abbiamo minimamente idea di cosa abbia voluto dire. Gli addetti alle cartelle stanno facendo il giro dei tavoli per la consegna. Ne prendiamo tre a testa. Parte il gioco e la nostra vicina non è ancora tornata, salterà il giro.

«Cinquina», urla poco dopo Giulia in preda a un'euforia smisurata che assecondo senza vergogna. Vincere ci esalta, ci regala delle scariche di adrenalina cui non sappiamo resistere. Potremmo farci prendere la mano. Intanto una signora sfoga tutta la sua frustrazione urlando di aver fatto Bingo.

«Che facciamo?» mi domanda Giulia con quel tono retorico che riconoscerei a distanza di chilometri.

«Facciamo l'ultima partita», è quello che si vuole sentir dire e non la deludo. Difatti ha già pronti i soldi per le cartelle.

«Sapete dov'è la signora che stava seduta qui?» ci chiede un ragazzino con l'aria un po' smarrita.

«È uscita poco fa.»

«Per caso è andata a fare un rifornimento?»

«Sì», gli rispondo pur non avendo idea di cosa voglia dire. Lo vedo allontanarsi mentre arriva il garzone del bar con il resto. Gli lascio un euro di mancia. Mi ringrazia con gentilezza.

«Che vuol dire fare un rifornimento?» gli chiede Giulia a bruciapelo. Lui si schermisce un attimo, si guarda intorno, poi siede al tavolo e allunga il collo per parlarci a voce molto bassa.

«Ne avete bisogno?»

«Non sappiamo nemmeno cosa sia.»

«Avete bisogno di soldi per giocare?»

«No, vogliamo solo sapere che cacchio è 'sto rifornimento», gli risponde un po' piccata Giulia. Lui fa un sospiro e ci dice con un filo di voce che non sa come spiegarlo.

«Le vedete queste signore, in un paio di giorni fanno fuori tutta la pensione e molte di loro non dicono niente in famiglia. Di conseguenza non possono chiedere soldi a casa né tantomeno vogliono farlo. E allora si prostituiscono.»

«Cosa?» esclamiamo sbigottite e all'unisono.

«Li avete visti quei ragazzi all'ingresso? Pagano dieci euro per un servizio manuale», accompagna le parole con un inequivocabile gesto della mano, «e venti euro per un serviziétto orale» anche queste parole le accompagna a un altrettanto inequivocabile gesto mano/bocca. Si scusa per la volgarità ma non so a quale delle tante si riferisce, e se ne va.

Un addetto alle cartelle ci chiede quante ne vogliamo. Facciamo tre con le dita. Le lascia sul tavolo e ritira i soldi.

La nostra vicina ritorna al tavolo e attira l'attenzione di un addetto alle cartelle. Mette insieme i soldi contando una serie di monetine.

«Ah, avete fatto cinquina. Lascia fa' a Dio, può essere che sta girando la fortuna in questo tavolo.»

Giulia riesce a farle un leggero sorriso, io sono pietrificata. Per un attimo penso che il garzone del bar ci abbia preso in giro raccontandoci una grande fesseria, ma per quale motivo avrebbe dovuto farlo? A pensarci bene ricordo di aver letto da qualche parte una notizia simile, e di averla catalogata tra le migliaia di bufale che si leggono in rete. Intanto dalle casse lo speaker annuncia i primi numeri ma è più forte di me, mi manca l'aria, non resisto un minuto di più seduta a questo tavolo. Mi alzo e mi allontano veloce. Giulia mi segue. Corriamo come se qualcuno ci stesse perseguitando e appena fuori ci perdiamo in un lungo respiro come fossimo state per troppo tempo con la testa sott'acqua. I ragazzi che affollano le scale dell'ingresso ricominciano con i loro commenti volgari ma fortunatamente sono distratti dalle urla di un signore che dice di essere stato derubato e indica un tizio che corre. Il gruppetto di ragazzi si precipita ad acciuffare il ladro e in un attimo quel povero cristo si ritrova in un'orgia di calci e pugni. Ci rintaniamo in macchina e guardiamo la scena da lontano, non ci possiamo muovere perché hanno intralciato l'uscita del parcheggio. Il signore derubato si fionda sul gruppetto di ragazzi che sta malmenando quel tizio e gli ordina di lasciarlo. I ragazzi lentamente si dileguano, uno di loro prima di allontanarsi lancia uno sputo sulla faccia del ladro. Il derubato lo tira su strattonandogli la maglietta e lo porta con sé. Noi abbiamo la strada libera e finalmente fuggiamo via da questo inferno. In macchina proviamo a commentare ma non troviamo parole adatte a farlo. Una cosa è certa per entrambe: non entreremo più in una sala Bingo.

«Cavolo, ho lasciato le sigarette sul tavolo.»

«Torniamo indietro?»

«Nemmeno se mi pagano a peso d'oro», e le indico un tabaccaio proprio lì davanti. Non resisto alla tentazione e compro anche un gratta e vinci da cinque euro. Decidiamo di grattarlo al momento, anche Giulia soffre della mia stessa patologia. I numeri vincenti sono 22 2 20 14 27 68. Cedo a Giulia la prima striscia di numeri. La gratta e nessun numero coincide con quelli vincenti. Tocca a me grattare la seconda striscia di numeri. Lo faccio lentamente come quando si scoprono le carte al poker. I primi due numeri non sono vincenti. Il terzo è un bel 27. Gratto il resto dei numeri ma nessuno corrisponde. Giulia non ama perdere e mette in moto con più rabbia del solito.

«Aspetta, gratto il premio.»

«Marti', difficilmente ci cambierà la vita.»

Infatti, è un premio di dieci euro.

«Vado a prenderne un altro», e salto giù dalla macchina senza lasciarle il tempo di ribattere. Sono indecisa se prendere due gratta e vinci oppure uno solo e farmi dare i cinque euro di resto. Faccio così. Ritorno in macchina e Giulia prova a partire. Le dico di aspettare.

«Abbiamo fatto trenta, facciamo pure trentuno.»

Grattiamo le strisce e un solo numero corrisponde a quelli vincenti. Gratto il premio, cinque euro.

«Questo vale un altro gratt...»

Stavolta Giulia non mi dà nemmeno il tempo di finire la frase che ingrana la prima e parte decisa. Provo a insistere ma chiude il discorso categoricamente.

«Potrai fare ciò che vuoi, ma lontano da questo posto.»

Una macchina ci supera e poi si piazza davanti rallentando notevolmente. La stranezza di questa manovra mi fa saltare alla mente una cosa che avevo rimosso: Rino, nei primi tempi in cui facevo questa strada, mi raccomandava di fare attenzione alle macchine che fanno una manovra del genere, spesso è indice di un tentativo di furto. Fino a oggi non mi era mai capitato di vederne una, ho sempre pensato fosse un'esagerazione. Dico a Giulia di accelerare e di superare la macchina che ci precede. Accelera e la supera agilmente. Lo sapevo, mi sono inutilmente impressionata. Faccio giusto in tempo a tirare un sospiro di sollievo che l'abitacolo è illuminato a giorno dai fari lampeggianti della macchina che ci segue.

«È mai possibile che c'è ancora gente che prova ad abbordare le ragazze in macchina?» fa Giulia con l'aria scocciata.

«Non credo sia un tentativo di abbord...»

Uno scossone improvviso mi strozza in gola le parole. L'auto che ci segue si è avvicinata troppo e ci ha tamponato.

Ci ha già tamponato tre volte di seguito, senza motivo. Mi volto e la vedo avvicinarsi ancora, ha un solo faro acceso. Un'immagine che fa impressione. Ormai è buio e non si vede altro che quel faro.

La strada degli americani è una via dritta intervallata da una serie infinita di rotonde che portano all'interno dei paesi che attraversa, Giulia decelera per farne una.

«Giulia, accelera. Accelera.»

«Ma non è meglio se ci fermiamo e gli diamo la macchina?»

«Non stanno facendo questo per la macchina», le rispondo con una lucidità che mi sorprende, e non solo perché siamo a bordo di una vecchia Citroën che non farebbe gola nemmeno a un tossico in disperata astinenza. Il cuore mi pulsa in gola, provo fastidio a sentirne il battito impazzito. Da quando percorro abitualmente questa strada non mi è mai capitata una cosa del genere, nonostante ne abbia sentite di tutti i colori. Che strano gioco del destino, proprio oggi che ho trovato la forza di lasciare Rino. Un sobbalzo della macchina mi spezza il fiato. Ci ha tamponato ancora.

«Che cazzo vogliono da noi?» urla Giulia facendo finta di non aver capito. Intanto la macchina con un solo faro sta provando a superarci ma non abbiamo nessuna intenzione di dargliela vinta. Nonostante questo, il loro muso è quasi a metà della nostra fiancata.

«Guarda avanti e accelera. Accelera.»

La macchina sta sterzando cercando di urtare la nostra fiancata. Ci tocca all'altezza dello sportello posteriore e ci spinge verso destra. Sento il rumore delle lamiere in collisione. Panico. È un attimo, poi per fortuna ritorna ad andare dritto.

Non riusciamo più a fare niente. Non urliamo. Non piangiamo. Non parliamo. Niente. Giulia guida con una determinazione sorprendente. Io mi volto freneticamente a guardare prima la strada davanti, poi la macchina che ci segue. Sta cercando ancora di superarci, si accosta troppo alla nostra fiancata. Stavolta Giulia sterza leggermente a destra per evitare l'impatto. Vorrei dirle di non frenare ma non mi esce la voce. Un colpo secco. Ancora. Giulia per un attimo ha l'istinto di togliere il piede dall'acceleratore ma immediatamente pigia fino al fondo. Ho come l'impressione che le due macchine si siano incastrate. Provo a capire allungandomi verso il finestrino posteriore. Cavolo, si sono incastrati i paraurti. Un botto mi fa scivolare tra i due sedili anteriori e il pomello del cambio si conficca in una costola. Mi tiro su veloce sistemandomi sul mio sedile e ho l'impressione che andiamo finalmente più veloci. Mi giro ancora e vedo il paraurti della nostra macchina in mezzo alla strada. Si è staccato. Quella che ci segue, invece, ha il suo paraurti penzoloni che fa scintille sull'asfalto. L'intoppo ci ha permesso di guadagnare un po' di margine, ma questa sensazione di aria dura pochissimo, dopo qualche secondo ce la ritroviamo addosso. E di nuovo manca il respiro.

Giulia ha l'acceleratore a tavoletta. Il motore è al massimo dei giri. Sembra voglia uscire dal cofano. Il muso della loro macchina è quasi a metà della nostra. Avanza. Ora siamo quasi in parallelo. Avanza sempre di più. Siamo in parallelo. Intravedo un uomo alla guida, al suo fianco un altro mi pare accovacciato con la testa in mezzo alle gambe. Non vedo più niente perché ci supera. Corre veloce e prende qualche metro di distanza, forse ha deciso di mollarci e ci lascia in pace, se ne va. Speranza vana. Improvvisamente frena mettendosi di traverso sulla carreggiata, sembra la scena di un film poliziesco.

Giulia schiaccia il piede sul pedale del freno. La macchina ha bisogno di qualche metro per fermarsi, e spegnersi. Mi sa che ha schiacciato solo il pedale del freno dimenticandosi quello della frizione. Siamo in mezzo alla carreggiata, di fronte c'è l'altra macchina di traverso al centro della strada. Circa a una decina di metri dalla nostra. Tutto è fermo. Non vola una mosca. Nell'abitacolo si sente solo il rumore del nostro respiro asmatico. Guardiamo avanti in attesa che si compia il destino. Una puzza di gomma bruciata mi fa salire la nausea. Intanto una macchina sfreccia nel senso opposto di marcia, non provo nemmeno a sperare che si accorga di noi, so che è inutile. Sento il rumore di uno sportello che si apre. Qualche istante dopo si materializza davanti ai nostri occhi la sagoma di un uomo. Giulia prova invano a mettere in moto. L'uomo fa mezzo giro della sua macchina e si piazza al centro della carreggiata proprio di fronte alla nostra macchina, con le gambe leggermente divaricate e le mani sui fianchi. Giulia insiste ma il motore non ne vuole sapere di partire. Le dico di calmarsi. Lei urla qualcosa. L'uomo ha cominciato a fare dei passi in avanti, si avvicina. Giulia urla ancora qualcosa al motore e finalmente si accende. L'uomo si avvicina sempre di più. In quel preciso istante, terrorizzata, urlo a Giulia di metterlo sotto. Lei non se lo fa dire due volte, ingrana la prima e parte sgommando. L'uomo quasi non crede ai suoi occhi ma ha l'istinto di scansarsi per evitare di essere investito. Nell'attimo esatto in cui crediamo di averlo superato sento un botto fortissimo e mi ritrovo miliardi di pezzettini di vetro addosso. Superandolo, ha dato un cazzotto dal mio lato e ha spaccato il vetro. Il vento che entra dal finestrino rotto fa un rumore assordante. Superiamo anche la loro macchina ferma in mezzo alla carreggiata. Mi brucia la faccia, cavolo.

Intanto abbiamo preso un po' di vantaggio ma non riusciamo a seminarli. Sono bastate un paio di rotonde in cui abbiamo rallentato per averla di nuovo alle calcagna. Sentiamo il fracasso del loro paraurti sull'asfalto. Ce l'abbiamo quasi addosso. Dico a Giulia di accelerare. Mi urla che è a tavoletta. È un attimo. Improvviso. Non eravamo preparate. Almeno non per un colpo così violento. Ci ha colto di sorpresa. Un botto potente. Ci ha tamponato. Molto più forte di come aveva fatto prima. Ho dolore al collo. Giulia istintivamente ha tolto il piede dall'acceleratore ma per fortuna subito dopo il botto l'ha schiacciato ancora a tavoletta. Il faro ci punta. Sembra la pinna di uno squalo. Si avvicina minacciosa. Sente l'odore del sangue. Di nuovo il botto. Ci ha tamponato ancora. Ora si è attaccata. Ci spinge. Forse sto piangendo. Senza lacrime. Guardo Giulia. Sta guidando senza paura. Al suo posto avrei già mollato. Sento un rumore forte. Mi giro di colpo a guardare. La macchina che ci segue ha rallentato perché ha perso il paraurti e ci ha camminato sopra spaccandolo. È bastato un attimo per averla di nuovo addosso. Mi accorgo solo ora che abbiamo le scarpe con i tacchi. Guidare con i tacchi è la cosa più complicata che ci sia, si sa.

Ci tampona. Ancora. E ancora. Ci spinge. C'è una rotonda davanti a noi. Andiamo troppo forte. Troppo. Eccola. La prendiamo veloce. Troppo veloce. Giulia perde il controllo. La macchina comincia a girare su se stessa. Siamo in una giostra. Una trottola impazzita.

Yuhuuu... Giriamoooo...

Per fortuna c'è spazio a sufficienza e la macchina ha roteato su se stessa senza toccare da nessuna parte. Ci vuole un attimo a ribaltarsi a quella velocità. Il giro è finito con il muso rivolto nel senso di marcia opposto. Giulia ha una ferita allo zigomo. Io ho sbattuto il braccio da qualche parte. Ora scendo e mi consegno al boia, all'assassino, allo stupratore, chiunque esso sia. Non ce la faccio più. Ma cavolo ci vuole coraggio per consegnarsi al proprio carnefice, troppo coraggio. Che non ho. Quindi essendo nel senso opposto di marcia non posso fare altro che guardare quell'unico faro nel buio della notte che ci osserva in attesa di una mossa. Tutto tace. Penso alla mia famiglia, al dolore che potrebbero provare se la mia vita finisse qui.

Il faro si accende e spegne a intermittenza. Come se ci stesse segnalando qualcosa. Come se lo squalo fosse appostato ad aspettare la prossima mossa della sua preda prima di attaccare. Giulia accende il motore. Io la guardo. Vorremmo essere altrove, è evidente. Così com'è evidente che non molliamo. Ingrana la retromarcia. Io mi sistemo sul sedile.

Percorre pochi metri all'indietro e sterza verso destra facendo inversione a U poi alza il piede dalla frizione e riparte. Ma lo squalo non abbandona la preda. Ho la sensazione che la nostra macchina vada più piano, infatti, ci raggiungono velocemente e addirittura riescono ad accostarsi con troppa facilità. Lo squalo attacca con più voracità. È incazzato. Si vede che non ama lottare così tanto per conquistare la preda.

Di nuovo tenta di superarci e colpisce la fiancata. Stavolta non è un solo colpo, si è attaccata e spinge. Ha tutta l'intenzione di schiacciarci contro il guardrail. Giulia prova a sterzare verso sinistra in direzione della macchina che ci spinge. Non ottiene risultato. La nostra macchina è vicinissima al guardrail. Sento il rumore dello specchietto retrovisore che salta in aria come una scheggia impazzita appena entra in contatto con il ferro del guardrail. Mi sposto sul sedile avvicinandomi a quello di Giulia. Cerco di ripararmi. Sento le lamiere che strisciano sul ferro del guardrail. Milioni di piccolissime schegge di fuoco saltano libere nell'aria. Improvvisamente finisce il tratto di guardrail. Ci spingono fuori. Sento la macchina che perde aderenza con l'asfalto. Stiamo andando fuori strada. Nella scarpata. Giulia. Aiuto. Giulia. Attenta. Frenaaaaaaaaaaa...

La Citroën ha le ruote anteriori che girano a vuoto nell'aria. Dopo l'impatto con la cunetta è finita contro un traliccio della luce. Dal cofano esce una nuvola di fumo e odore di acqua bruciata.

Giulia è svenuta, ha la testa piegata e sembra che dorma. Arriva di corsa un ragazzo, sposta l'airbag scoppiato e prova a sfilarmi la cintura, ma appena mi muove, urlo per il dolore, mi fa troppo male una gamba. La macchina si è sfondata con l'impatto e ho le gambe incastrate tra le lamiere. Lo sento che urla a qualcuno di dargli una mano. Poi torna a guardarmi, mi carezza la faccia e cerca di tranquillizzarmi. La sua mano si è sporcata di sangue. All'improvviso arriva un altro tizio e cominciano a litigare. Urlano ma non capisco cosa si dicono. Mi fa troppo male la gamba. Sento le loro voci che si diradano, poi il rumore di una macchina che parte e si allontana.

Di nuovo il silenzio. Con un filo di voce provo a chiamare Giulia ma non mi risponde. Riesco ad allungare una mano e provo a scuoterla senza ottenere alcun risultato. Ho un dolore fortissimo alla gamba. Non riesco a muovermi. Mi brucia la faccia. Ho nelle orecchie le note del quartetto in re minore di Mozart che ho suonato stamattina, come fosse l'eco di uno stereo acceso nelle vicinanze.

Quanto mi sento sola, non mi è mai capitato di sentirmi così sola nella mia vita. Poi, come per incanto, appare la faccia di mio nonno tra le crepe del parabrezza sfondato. È fiero di me, dice che stamattina il suo Schweitzer l'ho suonato come non è mai riuscito a fare lui. Mi dice di stare tranquilla che tra poco si sistemerà tutto. Ha la faccia serena e riesce a mettermi un po' di tranquillità. Gli dico che ho un dolore fortissimo alla gamba. Lui mi racconta di quando durante la guerra fu catturato dai tedeschi e riuscì a fuggire saltando giù dal camion all'altezza di Gaeta. Se ne tornò a casa a piedi e quando arrivò dovette stare sdraiato per tre giorni di fila prima di poter rimettere a terra le piante dei piedi bruciate. Intorno a lui ci sono alcune persone che ascoltano il suo racconto e sorridono. Riconosco mia nonna. Le dico che ho un dolore fortissimo alla gamba. Lei mi sorride e dice una cosa che ripeteva sempre quand'era viva: «Bella di nonna, 'a carcioffola s'ammona a 'na fronna a' vota».

Letteralmente vuol dire che il carciofo si pulisce foglia per foglia, ma nella saggezza della vecchia tradizione napoletana, vuol semplicemente dire che bisogna avere pazienza. Li vedo felici come quando erano in vita e sono felice anch'io.

Mi distraggo perché sento il rumore di una macchina che si ferma. Poi delle voci. Guardo tra le crepe del parabrezza e non ci vedo più niente.

«Martina, mi senti? Martina...»

Questa è la voce di Rino, e questo è il suo sguardo che mi ha fregato tanto tempo fa, quello di chi sa sempre come affrontare le situazioni difficili, lo riconosco. Ci penserà lui, lo so, così finalmente posso svenire.

Capitolo Tre

Ciro Incoronato, Carmine Scognamiglio e Martina Marinelli

Io so questo:
i napoletani oggi sono una grande tribù
che anziché vivere nel deserto o nella savana,
come i Tuareg o i Beja,
vive in una grande città di mare.
Questa tribù ha deciso,
in quanto tale senza rispondere alle proprie possibili mutazioni coatte,
di estinguersi, rifiutando il nuovo potere,
ossia quella che chiamano la storia o altrimenti la modernità.

Pier Paolo Pasolini
(tratto da una conversazione con Antonio Ghirelli)

Ciro Incoronato
Circumvallazione esterna. Melito
21 giugno 2013. Ore 21.15

«Mannaggia la Madonna!»

Che situazione del cazzo, non so come comportarmi, mi devo assolutamente fare una bottiglietta. Carminiello non ha detto una parola da quando l'ho convinto a ritornare in macchina e ce ne siamo andati dal luogo dell'incidente. Che capa di cazzo, figurati, non avrà fatto proprio niente di quello che ha raccontato, altro che cazzotto e capata in faccia. Se non fosse il fratello di Sasà l'avrei lasciato là a terra co' una botta in testa. Che cazzo scendi dalla macchina e ti fai vedere in faccia da quella? Speriamo che non mi fa passare un guaio.

Vedo l'insegna accesa di un bar. Decelero e accosto.

«Carminie', vieni co' me.»

Che te lo dico a fare, mi guarda co' quella faccia da bravo ragazzo che mi sposta il sistema nervoso.

«Posso restare in macchina?»

Apro lo sportello e scendo. Cammino intorno alla macchina fino allo sportello del passeggero. Lo apro e afferro per la maglia il cazzone.

«Ma tu con chi sfaccimma ti credi di avere a che fare? Secondo te ti lascio qui così te ne puoi scappare un'altra volta?»

Carmine Scognamiglio
Circumvallazione esterna. Bar nei pressi di Melito
21 giugno 2013. Ore 21.20

Temo che dovrò passare il resto della mia vita insieme a lui. Se così fosse, mi faccio prestare la pistola e mi sparo un colpo in testa.

Chiuso in questo bagno che puzza di merda lo guardo mentre si prepara la bottiglietta per fumare crack e mi fa schifo appartenere al suo stesso genere. Nel momento in cui scioglie i cristalli mi arriva un odore acido sotto al naso che fa vomitare, poi la bottiglietta si riempie di fumo ed è sorprendente la voracità con cui aspira tutto come fosse un aerosol benefico. Per un attimo penso a Jennifer Lopez e alla fidanzata di Gianni, ho i brividi lungo la schiena e mi sento terribilmente in colpa. In macchina ho pensato di chiamare un'ambulanza, ma oltre a immaginare che Ciruzzo non me l'avrebbe permesso, vigliaccamente ho desistito per paura che potessero intercettare il numero del mio cellulare. Quando usciamo da questo bagno dico al barista di chiamare un'ambulanza perché mi è parso di vedere un incidente. Ma no, come può essere credibile una cosa del genere? L'incidente o l'hai visto oppure no, e se l'hai visto perché non ti sei fermato per dare una mano? Che casino...

Intanto Ciruzzo ha aspirato fino all'ultimo residuo di fumo nella bottiglietta. Ora si sta sciacquando la faccia sudata con una foga superiore al necessario tant'è che mi schizza il pantalone e la maglietta. Bentornato Jack Nicholson.

Mi spinge fuori dal bagno con violenza, mi tratta come se gli avessi offeso a morte la madre, mi stringe il braccio forte, fortissimo, e mi trascina fino al bancone, poi ordina un caffè.

«Tu vuoi qualcosa?»

Sì, vorrei andarmene il più lontano possibile da te.

Proprio in quell'istante entrano nel bar due uomini, si avvicinano al bancone, non molto distanti da noi, e ordinano due whisky. Stanno parlando dell'incidente, sono appena passati da lì e hanno visto la scena. Mi concentro a sentire e allungo il collo. Uno dei due dice che non si capisce come abbiano perso il controllo dell'auto e pare che una delle due sia morta.

Ciruzzo mi lancia uno sguardo per accertarsi che non abbia nessuna reazione scomposta e mi fa segno con il dito indice sul naso di stare zitto. Ho un vuoto allo stomaco, mi tremano le gambe e sudo freddo. Immagino che quella morta sia la fidanzata di Gianni. Jennifer mi ha parlato. Che cazzo abbiamo combinato? Ciruzzo si avvicina e mi stringe la faccia, mi ordina di stare calmo, sento il suo alito che odora di caffè.

«Dammi cinque euro, forza.»

Prendo la banconota dalla tasca e gliela passo, lui la posa sul bancone e dice al barista di tenere il resto, poi mi trascina fuori.

Ciro Incoronato
Circumvallazione esterna. Melito. Poi Secondigliano. Poi Casoria
21 giugno 2013. Ore 21.30

«Chiama a Sasà e digli che stiamo andando da lui.»

Carminiello resta immobile e non dice una parola. Gli ripeto urlando di telefonare al fratello e lui come se l'avessi svegliato da un sonno profondo fa un salto sul sediolino, poi compone velocemente il numero. Mi guarda colla solita faccia da fesso e sono costretto a dirgli di mettere il telefonino vicino all'orecchio.

Che te lo dico a fare, Luigino sta colle mani sulla faccia. Ma che cazzo c'ha? Perché è così triste oggi?

«Pronto, Sasà...»

Allungo il braccio e gli strappo il telefono da mano. Dico a Sasà che dobbiamo parlare. Mi chiede se possiamo farlo domani perché è appena tornato a casa.

«No, lo dobbiamo fare adesso.»

Ci diamo appuntamento fuori al suo negozio. Attacco e restituisco il telefonino a Carminiello. Accelero così arriviamo prima, risolvo questa situazione e poi mi dedico a mio figlio che non mi fa stare a pensiero tranquillo.

Carmine Scognamiglio
Salone di barbiere. Corso San Giovanni
21 giugno 2013. Ore 21.45

Sasà ci sta aspettando seduto sulla vespa. Se l'è tenuta mentre io andavo a mettere in atto la sua splendida idea. Appena lo vedo sento una fitta al dente e mi ricordo che gli devo dare una testata, appena si presenta l'occasione. E quando si presenta, so troppo bene di non avere il coraggio. Ciruzzo parcheggia la Fiat Tipo grigia fuori al negozio e mi ordina di scendere. È ancora preoccupato che possa scappare, ma sinceramente è un'apprensione fuori luogo.

Sasà sta guardando la macchina sfasciata con la faccia sconvolta, come se sulla carrozzeria fosse apparsa la Madonna.

«Che cazzo è successo?»

«Entriamo nel negozio», insiste Ciruzzo non preoccupandosi minimamente di rispondergli, allora Sasà raccoglie il mazzo di chiavi e alza la saracinesca a metà.

«Si può sapere che cazzo è successo?» gli dice con un nervosismo che non riesce a nascondere. Non sai quanto è inutile innervosirsi adesso, caro fratellino, avresti potuto pensarci prima, così molto probabilmente mi evitavi di passare le ore più brutte della mia vita. Lascio a Ciruzzo gli onori del racconto, io vado a sedermi sulle poltroncine dei clienti in attesa. Come racconta male, non scende nei dettagli, è sommario, tralascia un sacco di particolari fondamentali, mi viene voglia d'intervenire per farglielo notare ma è una pignoleria inutile.

«Ciru', oltre al fatto che tieni una grande capa di cazzo, non capisco perché ti stai agitando, qual è il problema?»

Io sprofondo nel divano senza più nessuna speranza di uscire vivo da quest'incubo, sono nelle mani di due pazzi furiosi. È chiaro che parti del carattere di mio fratello mi sono sconosciute. Ecco perché quando ci sono quelle tragedie familiari, tipo una madre che uccide il figlio, il marito nelle interviste parla come se tutto il mondo fosse impazzito a considerare la moglie un'assassina. Come se il legame di sangue fosse una polizza a vita che protegge il nucleo familiare e lo rende invulnerabile dal male. Invece, a volte, il male si nasconde proprio lì, nella famiglia. Oscuro. Non diagnosticabile.

Ora, però, sono troppo curioso di sentire la risposta di Ciruzzo.

Ciro Incoronato
Salone di barbiere. Corso San Giovanni
21 giugno 2013. Ore 22

«Il problema è che tuo fratello è sceso dalla macchina e s'è fatto vedere da quella, mannaggia Gesù Cristo in croce!»

Luigino nasconde la risata colla mano davanti alla bocca. Sono troppo felice, forse gli è passata la tristezza. Non vedo l'ora di stare un po' da solo co' lui così possiamo parlare da padre a figlio. Oggi sono successe troppe cose e devo indagare per capire cosa pensa di me, se mi considera ancora il padre migliore del mondo oppure qualcosa non gli è piaciuto. Gli lancio un bacio colla mano dallo specchio. Sasà coglie al volo il mio gesto e mi stringe il braccio.

«La vuoi finire o no?» mi dice tra i denti, poi guarda il fratello che sta sempre colla faccia da fesso e la bocca aperta. Come cazzo è possibile che in una famiglia ci siano due fratelli così diversi? È tutta colpa del padre, a Carminiello l'ha fatto crescere in una campana di vetro e questi sono i risultati, che te lo dico a fare.

«Ciru', mio fratello è incensurato e pure se la ragazza fa un identikit, è molto difficile risalire a lui. Stai tranquillo.»

«Sasà, tu mi si' frat', e io solo per fare un piacere a te ho fatto tutto questo. Mo' se dovessero acchiappare a tuo fratello che si è fatto vedere in faccia, io nun voglio sape' niente. A me non mi dovete proprio nominare, hai capito?»

«Stai tranquillo, parola mia non ti mettiamo in mezzo.»

Sasà è uomo di parola, garantito. M'ha pure lasciato il braccio così mi posso girare e guardare il figlio di zoccola nel riflesso dello specchio. Appena lo faccio mi piglia un mezzo infarto perché non lo vedo più da nessuna parte. Mi squadro tutto il negozio pelo pelo ma niente, non c'è traccia di lui. Dove cazzo è andato? Dico a Sasà di alzare la saracinesca. Lo saluto e faccio una corsa veloce alla macchina. Sta seduto dietro, ringraziando Dio. Tiro un grandissimo sospiro di sollievo. Fa un caldo che si squaglia. Sto tutto sudato ma sono felice, finalmente siamo rimasti soli.

«Luigi', a papà, vieniti a sedere avanti, vicino a me.»

Carmine Scognamiglio
Salone di barbiere. Corso San Giovanni
21 giugno 2013. Ore 22.15

Non pensavo potesse arrivare a tanto, sono sconcertato. È qualcosa che va al di là di ogni possibile previsione, fuori dalla mia portata.

Ho visto Sasà chiudere la saracinesca alle spalle di Ciruzzo con una rabbia insolita e ho ingenuamente creduto fosse rivolta a quella merda d'uomo con cui mi ha fatto trascorrere pure troppo tempo della mia vita, invece ho scoperto che era indirizzata a me.

«Ma come cazzo ti è venuto in mente di scendere dalla macchina e farti vedere in faccia da quella?» mi ha urlato mentre camminava nervoso per il negozio. Non ci ho visto più e gli ho vomitato contro tutta la mia rabbia, la mia frustrazione, ma come un cretino non mi sono controllato e ho cominciato a piangere.

È la storia del mio rapporto con Sasà. Il copione è sempre lo stesso: mio fratello ha un'autorità che continuamente prevale sulla mia debole personalità.

«Che cazzo piangi a fare? Fai l'uomo, cazzo. O sei un ricchione di merda e non me ne sono mai accorto?»

Ma sbaglio o ha usato un tono diverso da quello di prima, più sospettoso? Se così fosse, non avrei problemi a rispondergli che a giudicare dai movimenti del mio cazzo nelle mutande ogni volta che vedo sua moglie non direi proprio di essere ricchione, ma lui insiste.

«Come cazzo ti viene in mente di farti vedere in faccia dopo quello che avete fatto?»

«Che *ha* fatto. Io non ho fatto proprio niente.»

«Ah sì? Ma che cazzo hai in testa, eh? La merda? Tu stavi in quella macchina o no?»

«*Tu* mi hai messo in quella macchina, vaffanculo. *Tu* mi hai messo...»

E come un bambino scoppio di nuovo a piangere. Non è colpa mia, non riesco a governare questo nodo alla gola che autonomamente diventa pianto senza chiedere il permesso.

«Stai tranquillo, dai, è impossibile che riescano ad arrivare a te.»

Poi dice qualcos'altro ma non lo sento. Nella mia mente si fa spazio un pensiero terrificante. Altroché se possono arrivare a me. Giro lo sguardo verso mio fratello che deve accorgersi del terrore nella mia espressione.

«Che succede?»

«C'è un problema grave.»

«Qual è questo problema grave?»

Soltanto ora mi rendo conto della complessità della cosa. Provo a trovare le parole giuste per dirgli di che si tratta. Sono spacciato ma i suoi occhi puntati nei miei mi fanno credere di poter contare su di lui. È mio fratello, non mi può abbandonare al destino delle mie cazzate. Se fosse ancora vivo papà non ci sarebbero stati dubbi sul fatto che mi avrebbe aiutato, ma se fosse vivo papà non mi troverei di certo in questa situazione. Sasà mi aiuterà, ne sono certo, come quando ero piccolo e mi tirava fuori dalle mazzate che avrei preso sicuramente, visto che non ero capace nemmeno di difendermi da me stesso.

Gli racconto di quando sono andato a trovare Migliaccio in ospedale, e gli dico che nella stanza ho incontrato anche la fidanzata di Gianni e una sua amica che assomiglia sputata a Jennifer Lopez, con cui ho fatto quattro chiacchiere.

«Le ragazze dell'incidente sono loro, Sasà. Sono loro. E quella che mi ha visto in faccia è proprio Jennifer Lopez.»

«Cazzo.»

TRIBUNALE DI NAPOLI
SEZIONE MONOCRATICA
Procedimento penale n.1308/81 - Udienza del 14/12/2014

Procedimento a carico di – Scognamiglio Carmine –
Escussione del teste: Apicella Carmela

Il teste dichiara la formula d'impegno.
Il Giudice invita il testimone a fornire le proprie generalità e questi risponde: «Apicella Carmela, nata a Napoli il 12 aprile 1947».

GIUDICE – L'avvocato può procedere all'esame del teste.
AVV. CASTELLANETA – Signora, lei ha dichiarato di non essere a conoscenza del fatto che suo figlio facesse uso di droghe, giusto?
DICH. – No, non lo sapevo. Io non ne capisco di queste cose.
AVV. CASTELLANETA – Non si preoccupi, non c'è problema. Però ha notato che in casa utilizzava molte bottigliette d'acqua?
DICH. – Sì, l'ho notato.
AVV. CASTELLANETA – Parli sempre rivolta al tribunale, grazie. Nel microfono.
DICH. – Così?
AVV. CASTELLANETA – Perfetto. Risponda alla mia domanda, gli ha mai chiesto come mai usava tutte quelle bottigliette?
DICH. – Sì, mi diceva che aveva sete.
AVV. CASTELLANETA – E lei ci credeva?
DICH. – Certo.
AVV. CASTELLANETA – Ricorda da quando ha notato suo figlio

utilizzare le bottigliette? Lo ha sempre fatto oppure c'è un momento preciso in cui ha cominciato?

DICH. – No, non l'ha sempre fatto, ma non mi ricordo quando ha cominciato.

AVV. CASTELLANETA – Potrebbe essere che ha cominciato dopo l'incidente?

DICH. – Dopo l'incidente Ciro è cambiato, è diventato un'altra persona, non lo riconoscevo più. Ma lo dovete capire, con quello che ha passato.

AVV. CASTELLANETA – Signora, provi a rispondere solo alle mie domande.

DICH. – Alle vostre domande sto rispondendo, scusate.

AVV. CASTELLANETA – Com'è diventato Ciro dopo l'incidente?

DICH. – Come volete che diventa un ragazzo che perde la moglie e il figlio di otto anni?

AVV. CASTELLANETA – Lei ha mai parlato con Ciro dell'incidente?

DICH. – Figuratevi, non si poteva parlare di quello con lui, faceva finta che non fosse successo. Non andava nemmeno al cimitero.

AVV. CASTELLANETA – Signora, lei era a conoscenza del fatto che Ciro avesse delle allucinazioni e immaginava la presenza del figlio?

DICH. – Sì, me l'aveva detto il dottore dopo l'incidente.

AVV. CASTELLANETA – Lei ha mai visto Ciro parlare da solo?

DICH. – Sì, lo faceva spesso.

AVV. CASTELLANETA – Tutto bene signora? Si sente male?

DICH. – No, sto bene. Sto bene.

AVV. CASTELLANETA – Posso continuare?

DICH. – Sì.

AVV. CASTELLANETA – Ancora qualche domanda e la lascio andare. È in grado di dirci se aveva capito con chi parlasse Ciro in quelle occasioni in cui l'ha visto parlare da solo?

DICH. – Con il figlio. Lo sentivo spesso che lo chiamava per nome e ci parlava. Ma che male c'è? Questa cosa lo faceva stare meglio. Ciro era un bravo ragazzo, vi rendete conto che cosa vuol dire perdere una moglie e un figlio? Dopo l'incidente era distrutto, si è sciupato, ha perso quindici chili, non stava bene. Pure voi, la giustizia, lo avete rovinato. Quella donna che ha causato l'incidente doveva andare in galera perché ha ucciso due anime di Dio innocenti, invece sta libera e tranquilla. Ha rovinato la vita di mio figlio.

GIUDICE – Signora, capisco il suo stato d'animo ma si limiti a rispondere alle domande dell'avvocato, grazie.

DICH. – Io alle domande sto rispondendo.

GIUDICE – Prego, avvocato.

AVV. CASTELLANETA – Lei è a conoscenza del fatto che dopo il 21 giugno 2013 molte donne hanno denunciato di aver subito degli inseguimenti da parte di suo figlio?

DICH. – Sì, l'ho saputo. Mi dispiace molto per quelle ragazze.

AVV. CASTELLANETA – Lei ha mai sentito dire a suo figlio qualcosa contro le donne?

DICH. – No.

AVV. CASTELLANETA – Non ho altre domande. Grazie, signora.

GIUDICE – Il Pubblico Ministero, prego.

PUBBLICO MINISTERO – Non ho domande per il teste.

GIUDICE – Perfetto. Si può accomodare, signora, grazie.

DICH. – Figuratevi.

NON CI SONO ALTRE DOMANDE.
IL TESTE SI PUÒ ACCOMODARE.

Martina Marinelli
Ospedale Cardarelli. Napoli
21 giugno 2013. Ore 22.30

Quando apro gli occhi sono in ambulanza. C'ero già stata una volta, con mia nonna che si sentì male un giorno che eravamo da sole in casa e dovetti chiamare il 118. Distesa su questa barella, però, è tutta un'altra sensazione, che non auguro nemmeno al mio peggior nemico. Anzi, sì, che auguro con tutto il cuore a quei bastardi che mi ci hanno fatto finire in quest'ambulanza.

«Ti chiami Martina, giusto?»

Questa voce profonda e rassicurante ha la faccia sorridente di un ragazzo che indossa un camice bianco. Muovo d'istinto un braccio e lui me lo blocca, mi dice di fare attenzione all'ago. Lo vedo conficcato in una vena, seguo il percorso di un tubicino che finisce dritto in una flebo. È un antidolorifico, ecco perché quel dolore insopportabile alla gamba è diventato tollerabile. Provo ad alzare la testa ma mi arrendo appena comincia a girare tutto intorno. Sento i rumori della strada fuori dall'ambulanza e il suono della sirena, forte. Il medico continua a prendersi cura di me, della mia faccia per essere precisi. Ho l'impressione che me la stia pulendo come l'estetista quando mi fa lo scrub.

«Ti sto disinfettando.»

«Cos'è successo?»

«Niente di preoccupante, lo scoppio di un vetro ha causato delle piccolissime ferite.» Poi il suo tono si fa più confidenziale: «Non rimarrà nemmeno un piccolo segno su questo bel viso».

Sì, ha detto proprio così: bel viso. Per un attimo penso che ci stia provando ma un nuovo pensiero spazza via tutti gli altri.

«Dov'è Giulia?»

Lui non riesce a mascherare il cambio d'espressione e mi risponde come se avessi fatto un'altra domanda.

«Hai una frattura alla tibia e molto probabilmente sarà necessario un intervento chirurgico. Appena arriviamo in ospedale faremo una radiografia per capire l'entità della frattura.»

«Dov'è Giulia?»

Lui si zittisce e mi guarda senza espressione, poi prende fiato e subito dopo lo tira fuori sospirando. Si alza facendo attenzione a non battere la testa. Muovo gli occhi per seguirlo, sta togliendo la flebo da un gancio che la teneva ferma. L'ambulanza si ferma e anche la sirena smette di suonare. Sento il rumore dei portelloni che si aprono.

«Vedrai che si risolve tutto. Buona fortuna.»

La radiografia ha dato esito negativo e ho evitato l'intervento chirurgico, per fortuna la frattura è composta, almeno quella. Mi hanno sistemato in una stanzetta del pronto soccorso in attesa che si liberi qualche letto in reparto e hanno messo la gamba in trazione, ho anche un chiodo nell'osso e devo restare così per qualche settimana, poi mi aspetta una lunga fisioterapia per recuperare il normale funzionamento della gamba. Insomma, nonostante la bella partenza, nove all'esame di violino e soldi vinti al gratta e vinci, non posso di certo inserire questa giornata tra le più fortunate della mia vita. Quello che mi preme di più, però, è capire dov'è Giulia. In ospedale sono tutti vaghi, un infermiere mi ha detto che stava facendo delle radiografie, un altro che l'avevano portata in reparto ma non sapeva quale e la caposala mi ha addirittura detto che era stata trasportata in un altro ospedale. È evidente che mi nascondono qualcosa. Nel letto al mio fianco c'è una bambina che ha una grossa fasciatura alla spalla, al suo capezzale c'è la nonna, una bella signora con i capelli tinti di rosso mogano. Mi ha raccontato, sottovoce per non svegliare la nipotina, quello che le è capitato e parola dopo parola la mia disavventura è diventata una passeggiata di piacere. Pare che questa bimba subisse delle molestie sessuali da un boss del quartiere in cui abitano e che la madre avesse denunciato il molestatore facendolo finire agli arresti domiciliari. Domani ci sarebbe stato il processo e guarda caso, oggi la figlia della signora ha subìto un agguato, le hanno sparato. In macchina con lei c'era anche la bambina che è stata colpita alla spalla e per fortuna è fuori pericolo di vita.

«Come sta sua figlia?» mi scappa d'istinto.

La signora scoppia a piangere, e lo fa in un modo così dignitoso, tanto quanto disperato, che mi viene una rabbia feroce. È incredibile come certe persone entrino nella vita degli altri e la distruggano senza nessuna pietà, nessuna umanità. Queste bestie fanno vergogna alla parola essere umano. Alla fine resta solo la grande pena e il dolore che vedo negli occhi della signora, che sono gli occhi di noi tutti. Questi animali ci porteranno all'autodistruzione, ci annienteranno con la loro disumanità e non ci sarà nessun meteorite gigante a venirci a salvare.

La faccia sconvolta di mia madre fa capolino sulla porta della stanza e smetto di pensare per farle un bel sorriso. In questo momento so perfettamente che non avrei voluto altro che la sua presenza. Lo sento dentro di me, è una questione di cordone ombelicale, che prima d'essere tagliato è stato il segno che i figli non sono altro che un prolungamento delle madri, siamo parte di loro. Siamo la stessa persona con due corpi diversi.

«Come stai tesoro?»

«Così.»

Ho voglia di piangere e non faccio nulla per trattenermi. È da troppo tempo che tenevo dentro questo mare di lacrime. Piango come non facevo da tempo, bisognerebbe piangere più spesso, è il pudore a fregarci. Sento le labbra che si contraggono e mi viene in mente una foto che troneggia nel mobile in salotto; da piccola, ogni volta che piangevo, facevo il «mussillo». Portavo in avanti il labbro inferiore rispetto a quello superiore. Ecco, credo che anche ora mentre piango tra le braccia di mia madre sto facendo il «mussillo». Piango pensando a quello che è capitato, o a quello che sarebbe potuto capitare. Piango pensando a quello che mi ha appena raccontato la signora. Piango perché ho troppa paura messa da parte. Piango perché nessuno ancora mi ha detto di Giulia.

«Mamma, dimmi la verità, dov'è Giulia?»

Carmine Scognamiglio
Ospedale Loreto Mare. Napoli
21 giugno 2013. Ore 22.40

L'ho visto camminare nervosamente tra le quattro mura del negozio per un quarto d'ora abbondante, in assoluto silenzio. Non sono riuscito a smettere di singhiozzare, lo facevo piano ma avrei volentieri pianto a dirotto per sfogare tutta la rabbia accumulata.

«Dobbiamo andare a trovare Migliaccio.»

«A quest'ora?»

«Dobbiamo capire se la ragazza ti ha riconosciuto e lo possiamo fare tramite Gianni.»

«Gianni?»

«Carmine, sveglia! Se la ragazza ti ha denunciato, lo saprà pure Gianni, no? La sua reazione quando ti vedrà ci farà capire.»

Io non so perché riesco ancora a fidarmi delle idee di mio fratello, ma sono sconfortato e non ho altra scelta. Guido la vespa in direzione dell'ospedale Loreto Mare e il vento fa volare le lacrime dagli occhi. Mio fratello bestemmia a ogni buca che non riesco a evitare.

Parcheggio nei pressi del pronto soccorso e vedo il tizio con la tuta del Barcellona correre verso di noi, appena mi vede fa una faccia meravigliata.

«Azz', frate', 'o cumpagno tuo ha fatto quella strage dentro al rione Case Nuove.»

Mio fratello mi guarda con curiosità.

«È una storia lunga, poi ti racconto.»

Con il parcheggiatore decidiamo di incatenare la vespa a un palo. Dice che me la guarderà ma non ha voluto i soldi. Il destino ci fa incrociare la corsa di Gianni, ha un'aria scombussolata e la divisa da guardia giurata sgualcita, sembra appena uscito da una scazzottata. Ha la testa bassa e nemmeno ci vede quando ci passa di fianco. Mio fratello lo blocca afferrandolo per un braccio e lui ha una brutta reazione, per fortuna ci riconosce subito.

«Devo scappare al Cardarelli, Giulia ha avuto un incidente.»

Lo vediamo salire in macchina e partire sgommando.

«Sasà, forse non è morta. Lo avrebbe già saputo, no?»

«No. Non si parla al telefono di queste cose.»

Mi pare logico.

«Andiamo al Cardarelli», mi fa. E si avvia verso la vespa.

Martina Marinelli
Ospedale Cardarelli. Napoli
21 giugno 2013. Ore 22.50

Ha saputo fingere molto bene, le ho creduto. Mi ha detto che Giulia era ancora in pronto soccorso perché le stavano facendo una tac di controllo, aveva dato una brutta capocciata contro il parabrezza e si era formato un ematoma. Mia madre ha sempre avuto un pregio, o forse un difetto dipende dai punti di vista, non sa raccontare bugie. Le si legge tutto in faccia, e questo pregio o difetto devo averlo ereditato proprio dal suo DNA. Mentre mi raccontava di Giulia, ero concentrata a guardare il suo viso per capire se mi stesse mentendo, ma a differenza di altre volte non ha fatto trasparire nulla. È stata anche fortunata, non ho avuto il tempo di approfondire distratta dall'ingresso in stanza di mio padre e mia sorella. Mio padre, come suo solito, è partito con il lavoro di sistematore delle cose. Mi ha salutata e dopo un attimo stava già al telefono con un suo amico ortopedico spiegandogli male la mia situazione.

«Domani verrà a visitarti questo mio carissimo amico, un luminare che si prende cinquecento euro a visita. Metterà tutto a posto, stai tranquilla. Ti serve qualcos'altro?»

Forse è proprio vero che le figlie cercano negli uomini qualcosa dei propri padri. Ho sempre immaginato la brutta fine che avrebbe fatto il maestro se avessi raccontato a mio padre il suo tentativo di abbordaggio, per usare un eufemismo.

«Martina Marinelli?»

Sono apparsi due poliziotti nella stanza.

«Sì, sono io.»

«Potreste uscire tutti cortesemente, dobbiamo fare qualche domanda alla signorina.»

Mio padre immediatamente si sofferma a chiacchierare con uno dei due poliziotti ma non riesco a sentire cosa si dicono, posso solo vedere che il poliziotto fa degli ampi cenni con la testa come a volerlo rassicurare. Mia madre mi saluta dicendomi che torneranno appena glielo permetteranno.

«Nel caso pensassi che ne approfittiamo per scappare.»

Mia sorella ha un'abilità a far incazzare mia madre che non si batte. Mi strappa un sorriso. Le vedo uscire mentre mia madre borbotta qualcosa contestando la battuta di mia sorella che ritiene fuori luogo, siamo un misto tra la follia dei Simpson e la simpatia dei Robinson.

Una volta soli, uno dei due poliziotti prende una sedia e si accomoda accanto al letto, l'altro resta in piedi con le mani poggiate sulla testiera. Quello seduto mi chiama ancora per nome e mi chiede di raccontargli cos'è successo. Prendo fiato e comincio, espongo i fatti nei minimi dettagli. Dall'uscita della sala Bingo in poi. Ed è proprio parlando con l'agente che improvvisamente mi viene in mente un ragazzo che ha provato ad aiutarmi subito dopo l'impatto con il palo della luce. L'agente insiste per farmi ricordare i tratti ma giuro che non ne ho proprio idea. Non ricordo nemmeno se l'ho mai guardato in faccia, avevo un dolore insopportabile alla gamba, non ero lucida, ricordo solo che era giovane, ma questo per i poliziotti è un indizio troppo generico. Mi salutano dicendo che se mi venisse in mente qualcosa non devo esitare a chiamarli. Sulla soglia della porta li vedo invitare i miei a rientrare in stanza, mia madre si catapulta accanto al mio letto seguita da mia sorella. Papà, invece, s'intrattiene ancora con uno dei due agenti, stavolta riesco a sentire che parlano di Giulia.

«Mamma, giurami che mi hai detto la verità su Giulia.»

Abbasso la testa sul cuscino per avere una visuale precisa dei suoi occhi, li vedo mentre cerca di rassicurarmi. Sta mentendo, cavolo. Prima deve aver fatto uno sforzo enorme perché giuro che non ha mosso un muscolo della faccia.

Nessuno della mia famiglia riesce più a nascondere l'evidente menzogna che mi stanno raccontando. Giulia è grave, ne sono convinta e glielo faccio presente, ma anche stavolta non sfondo il muro dell'omertà. Per un attimo ho il dubbio che mi stiano raccontando la verità, in quell'attimo preciso accade una cosa che proprio non mi sarei aspettata, vedo comparire la faccia tumefatta di Rino Petrone. Lo sento esclamare un flebile *buonasera* ricambiato con più vigore dai miei e da mia sorella che non gli nega nemmeno uno dei suoi sorrisi. La sua apparizione dovrebbe essermi indifferente, invece provo un gran senso di gioia che riesco a spiegarmi solo quando vedo che ha con sé il mio violino. Cavolo, in tutto questo trambusto era rimasto in macchina e io ancora non ci avevo pensato, gravissimo. Mio padre coglie la palla al balzo e va a prendere una caffè alle macchinette, mia sorella lo segue a ruota e costringe mia madre a fare altrettanto. La signora continua a carezzare i capelli della nipote e le sussurra qualcosa di molto dolce all'orecchio, una specie di mantra che mette serenità, anche a me.

Rino posa delicatamente la custodia con il violino tra il letto e la finestra, mi dice di averlo recuperato subito dopo che l'ambulanza mi ha portato via e un attimo prima che il carro attrezzi portasse la macchina dallo sfasciacarrozze.

«Rino, devi dirmi la verità, perché mi hanno già detto troppe sciocchezze.»

«Se ti riferisci a quello che hai visto fuori la fabbrica...»

«Mi riferisco a Giulia, voglio la verità.»

Ciro Incoronato

Rione Ina Casa. San Giovanni a Teduccio

21 giugno 2013. Ore 23

Luigino m'ha messo in crisi quando ho capito che era triste per la ragazza morta alla fine dell'inseguimento. Gli ho spiegato che non è sicuro che sia morta ma non c'è stato verso di convincerlo.

Giro la chiave nella serratura e appena metto piede in casa vedo mia madre seduta al tavolo in compagnia della signora Giovanna, la nostra vicina di casa. Che te lo dico a fare, è la regina delle capere. Mia madre non lo vuole capire e le racconta sempre i fatti nostri. Che cazzo ci fanno insieme a quest'ora?

«Mammà, è successo qualcosa?»

Appena alza gli occhi capisco che ha pianto.

«Signora, non mi dite niente, vorrei parlare a quattr'occhi con mio figlio.»

La capera è costretta a fare quello che proprio non vorrebbe fare, andarsene. Intanto ne approfitto e mi rifugio nella mia stanza, non so se ha usato una scusa per liberarsi della vicina oppure veramente mi vuole parlare. La sento che chiude la porta e cammina lungo il corridoio, pochi attimi e compare sulla soglia.

«Ciro, a mamma, sono venuti a cercarti due poliziotti, dicono che hai ucciso una donna.»

Mi cala tutto lo sballo. Mi tremano le gambe. Non so che fare. Sto sudando freddo. Mi guardo intorno per vedere se c'è Luigino e lo trovo in piedi davanti a una vecchia foto di quand'ero piccolo e andavo sul triciclo.

«Parla piano che sennò ti sente e si mette a piangere.»

«Tuo figlio sa tutto, a mamma. Se piange, è perché non è contento di come ti stai comportando.»

Mi guarda colla faccia rassegnata, poi si allontana. La sento armeggiare co' qualcosa nell'altra stanza. Mio figlio sta sempre lì, di fronte alla mia foto. Che figura ci faccio se vado in galera? Sarò il peggior padre del mondo ai suoi occhi. Il peggiore.

Cazzo, m'è venuta una grande idea. Solo così posso risolvere la questione. Sto per uscire dalla stanza quando vedo mia madre, che cazzo ci fa colla valigia in mano?

«Andiamo, a mamma, ti porto al commissariato.»

Devo andare da Centogrammi, altro che commissariato. Ha detto che è nel momento della tragedia che un padre deve stare vicino al figlio, giusto? Questa delle guardie che mi cercano è una tragedia, garantito. Faccio per andare ma mia madre si piazza davanti col corpo e prova a fermarmi. Nella colluttazione le cade la valigia da mano, inciampa e cade pure lei. Per fortuna s'era attaccata al mio braccio che ha attutito il colpo della caduta, ora però non lascia la presa e sono costretto a trascinarla per il corridoio. Piange e m'implora di starla a sentire. Appena apro la porta, sgamo la signora Giovanna tutta impegnata a sentire i fatti nostri. Con uno strattone riesco a liberarmi dalla stretta di mia madre che cade distesa sul pavimento e mi avvicino alla faccia della capera.

«La prossima volta che vi fate i fatti nostri, v'accire.»

Alzo la maglietta e le faccio vedere il ferro nei pantaloni. Quella si mette le mani davanti alla bocca e indietreggia. Mia madre, da terra, si è attaccata ai pantaloni e non mi lascia camminare. Devo fare forza colla gamba e involontariamente la colpisco col tacco e le rompo gli occhiali. Ha una piccola ferita sul naso. Mio figlio in fondo alle scale sta colla faccia delusa e piange a dirotto.

«Non l'ho fatto apposta, a papà, mica voglio fare male a nonna. Lo capisci o no 'sto fatto? Non l'ho fatto apposta», gli urlo disperato mentre scendo le scale. Mia madre mi supplica in lacrime di non andare, di starla a sentire. Mi chiudo il portone alle spalle e non la sento più. Giro la chiave nel quadro e parto sgommando. Guardo nel riflesso dello specchietto retrovisore e lo vedo che mi guarda deluso. Ora devo capire che sta succedendo, poi parlerò co' lui. Giro nella traversa del Bronx e quasi mi piglia un infarto.

Martina Marinelli
Ospedale Cardarelli. Napoli
21 giugno 2013. Ore 23.10

Sapevo che Rino sarebbe stato sincero. Quello che non sapevo però, era quanto la sua sincerità mi avrebbe fatto male. Non ho la possibilità di muovermi da questo maledetto letto in cui sono immobilizzata e sto approfittando della sua spalla per frenare i singhiozzi di dolore che provoca questo pianto a dirotto. La signora al capezzale della bambina ha voltato la testa quando ha sentito le parole di Rino e mi ha guardato con compassione, come se il mio dolore fosse anche il suo.

È singolare come nelle sciagure il dolore diventa uguale per tutti, in questa stanza d'ospedale convivono due tragedie così diverse tra loro ma la sofferenza che proviamo ci accomuna, ci fa sentire meno sole. Siamo state nonna e nipote anche noi due mentre Rino mi ha svelato qualcosa di talmente scioccante che non potevo credere fosse successo alla mia migliore amica.

Quando a bruciapelo arrivano certe notizie, una parte di cervello va in autodifesa e non ti fa credere a quello che ti è appena stato detto. L'anima no. L'anima incassa il colpo senza nessuna protezione ed è sempre la prima a pagarne le conseguenze, ecco spiegate le lacrime che non riesco a frenare.

Mia madre, mio padre e mia sorella fanno ritorno nella stanza, li guardo e non posso fare a meno di aumentare il vigore del mio pianto.

Mia madre lancia un'occhiataccia a Rino che le risponde con una sincerità che riconosco.

«È giusto che sappia la verità.»

«Sappiamo noi cosa è giusto per lei.»

Questa risposta mi sembra fuori luogo, anche se è la verità più assoluta.

Mio padre si avvicina a Rino e cerca di fare da paciere, solo ora mi rendo conto che nessuno sa che l'ho lasciato. Nessuno tranne Giulia, la povera Giulia. Un pensiero mi passa per la testa, e sto male.

«Perché a lei e non a me?»

Carmine Scognamiglio
Ospedale Cardarelli. Napoli
21 giugno 2013. Ore 23.15

Il Cardarelli più che un ospedale sembra Palazzo reale. Da fuori però, dentro ha un aspetto terrificante come la maggior parte degli ospedali napoletani. Ci vorrebbe un po' più di cura per questi posti, se uno malauguratamente ci finisce dentro, vuol dire che ha un parente, un amico, insomma qualcuno che gli sta a cuore malato, almeno non si deprime più del dovuto. Però i medici sono bravi, lo dicono tutti, ci sono alcuni reparti specialistici all'avanguardia che gli altri ospedali se li sognano. Noi ci siamo infilati nel pronto soccorso e abbiamo chiesto informazioni a un signore in una guardiola che ci ha indicato una scala. Sto per scendere il primo gradino quando vedo attraverso il vetro che dà sulla strada, Rino Petrone con un'evidente fasciatura sul naso entrare in macchina. Seduta sul sedile del passeggero lo sta aspettando la sua segretaria. Li vedo amoreggiare, è incredibile quanto sia vero il detto «voce di popolo, voce di Dio.» Scendo qualche gradino seguendo mio fratello e dopo una rampa sentiamo delle voci, c'è qualcuno che piange. Sasà mi fa cenno di fermarmi, si affaccia nella tromba delle scale e dopo qualche istante mi indica di fare lo stesso. Riconosco Gianni, abbraccia una signora in lacrime. Anche lui piange, senza emettere nessun suono, vedo solo la faccia che si distorce in una smorfia disperata. La signora che lo abbraccia, invece, ogni tanto emette dei suoni che fanno venire i brividi. È il suono del dolore. Mi viene in mente mia madre, la sentii emettere un suono molto simile quando chiusero mio padre nella bara.

«Carmine, non è il momento. Andiamocene.»

Ha ragione, non lo è. Salgo giusto un paio di gradini ma poi mi fermo. Ho sentito la voce di mio padre che mi ordinava di fermarmi e di andare ad affrontare la situazione. Faccio dietrofront e comincio a scendere le scale con passo deciso, tant'è che all'ultima rampa Gianni alza lo sguardo e mi vede.

«Ti dovrei parlare», gli dico piano cercando di rispettare il loro dolore. Lui è evidentemente meravigliato della mia presenza, proprio non capisce cosa stia accadendo. Allontana delicatamente la signora dal suo abbraccio, che sarà la madre della sua fidanzata, è impressionante la somiglianza.

«Che è successo?»

Ecco, ora non so proprio come andare avanti. Sasà osserva la scena dall'ultima rampa di scale abbracciato al corrimano, anche lui ha la faccia di chi non ha idea di cosa stia accadendo.

«Si può sapere che sta succedendo?» mi fa Gianni leggermente spazientito. Mio fratello ci ha quasi raggiunto. Io trovo da qualche parte il coraggio e racconto a Gianni quello che è successo. Non lo guardo mai in faccia mentre lo faccio, non riuscirei a continuare. Perciò non oppongo resistenza quando mi colpisce la prima volta e mi fa cadere sul pavimento, non ho capito che stava per farlo. Ora sto cercando di parare i colpi mentre lo sento sfogare la sua rabbia su di me. La signora piange più forte. Mio fratello prova a trattenerlo e si becca anche lui qualche colpo. Io sto zitto, mi sento colpevole e credo di meritarle tutte queste mazzate. Faccio giusto in tempo a parare un calcio prima che due guardie giurate a forza riescano a trascinare lontano lui e mio fratello. Sento le loro voci concitate unite al pianto della signora mentre mi asciugo un rivolo di sangue che mi esce dal naso.

Ciro Incoronato
Bronx. San Giovanni a Teduccio
21 giugno 2013. Ore 23.20

Sotto il palazzo di Centogrammi c'è un bordello di macchine della polizia coi lampeggianti accesi. La mia faccia diventa blu a intermittenza. Dal posto in cui ho parcheggiato, riesco a vedere tutta la scena senza che nessuno si accorga di me. Hanno transennato l'ingresso del portone e un sacco di gente s'è affollata per vedere. Nessuno si fa i cazzi suoi in questo quartiere. La gente parla. Le voci si sovrappongono. Qualcuno urla e non capisco che cazzo è successo. Luigino s'è sdraiato su un lato colle mani unite sotto la faccia ma non dorme, ha gli occhi spalancati e guarda nel vuoto.

«Che c'è, a papà, non vuoi vedere quello che sta succedendo?»

Fa no colla testa e chiude gli occhi, non sto proprio a pensiero tranquillo. Sento la gente urlare forte. D'istinto mi giro verso il portone di Centogrammi e vedo uscire Micione ammanettato. Co' due poliziotti che lo spingono. Che cazzo sta succedendo? La gente urla. Qualcuno sputa. Altri tirano le uova e dalle finestre buttano giù di tutto, pare Capodanno. I due poliziotti lo scaraventano in macchina e salgono a loro volta. Uno dietro co' Micione e l'altro avanti. Poi la macchina parte veloce e accende la sirena. Non so che cazzo fare. Ora vengono a pigliare me, garantito. Non la voglio fare questa figura di merda davanti agli occhi di mio figlio. Non deve pensare che sono un criminale.

Una cosa non l'ho capita, perché la gente ce l'ha co' Micione? Di solito si schierano contro la polizia. Un gruppetto si muove veloce verso l'ingresso del palazzo. Vedo Parulella uscire trafelato. Gli fanno domande. Cercano di fermarlo. Lui si scansa e arriva accanto a una macchina, apre lo sportello e sale. La gente batte le mani contro i vetri chiusi. Dice qualcosa che non capisco. Guardo nello specchietto retrovisore e il sedile posteriore è vuoto. Dove cazzo è andato? Mi distraggo perché vedo la moglie di Centogrammi che esce dal palazzo sorretta da un'altra persona. Si agita. Piange. Urla. Non riesce a stare in piedi, è disperata. La accompagnano fino alla macchina in cui è appena salito Parulella e fanno entrare pure lei. Un attimo dopo la scena che si presenta davanti ai miei occhi è sconvolgente. Dal palazzo esce una bara di ferro. Tutta la gente comincia ad applaudire. Quella che sta lì intorno. Quella sulle finestre. Sui motorini. Nelle macchine. Applaude tutto il Bronx. La bara cammina lenta intralciata dalla folla che la bacia e si fa il segno della croce. Seguendo il percorso della bara mi accorgo della presenza di un carro funebre col portellone aperto. Non l'avevo visto. Mi manca il respiro. Sudo e mi asciugo la fronte col braccio. Qualcuno bussa colle nocche vicino al finestrino e mi fa saltare dalla paura, che te lo dico a fare. Guardo fuori e vedo la faccia di Pallettone. Mi fa segno di aprire. Alzo la sicura e lo faccio salire. Per un attimo sento il vociare forte della gente che era ovattato dai finestrini chiusi. Pallettone chiude lo sportello e di nuovo le voci si fanno silenziose.

«Metti in moto e jammuncenne. Le cose non stanno bene.»

Carmine Scognamiglio
Ospedale Cardarelli. Napoli
21 giugno 2013. Ore 23.30

Comprendo lo sfogo di Gianni. Certo non me l'aspettavo, o meglio, non avevo considerato che potesse accadere. Ripensandoci a freddo però, è più che giustificabile. Scoprire di avere davanti agli occhi la persona che è causa di tanta sofferenza e rendersi conto che la motivazione di tutto questo macello quasi non esiste, fa perdere la testa. Con calma, e tenendomi lontano dai suoi occhi, mio fratello è riuscito a spiegargli la casualità che mi ha portato in quella macchina, in quel momento. Non gli avrà detto che è stata sua l'idea ma poco importa, quello che conta è che Gianni ha capito e ha accettato la nostra collaborazione. La parola «collaborazione» uscita dalla bocca di mio fratello non mi è parsa subito incoraggiante. Sarà che ero seduto sul lettino del pronto soccorso quando me l'ha detto, e un infermiere mi curava una piccola ferita sullo zigomo procurata proprio da uno dei tanti colpi che avevo ricevuto, giustamente, da Gianni. Fatto sta che quando l'infermiere ha finito il suo lavoro, ho raggiunto immediatamente mio fratello che nel frattempo stava fumando una sigaretta seduto sulle scale dell'ingresso del pronto soccorso.

«Che vuol dire collaborazione?»

«Ho avuto un'idea.»

A queste parole ho avvertito un brivido lungo la schiena, gli ho chiesto una sigaretta. Me l'ha data. L'ho accesa. Tutto questo non tanto per la voglia di fumare ma per prendere tempo, sperando di ritardare all'infinito il momento in cui sarei stato costretto a sentire l'ennesima idea partorita dalla mente malata di mio fratello. Invece, eccola che arriva, puntuale come un orologio svizzero.

«Dobbiamo aiutare Gianni a vendicarsi.»

«A fare che?»

«Vendicarsi. Hai capito bene. Gianni vuole incontrare Ciruzzo.»

Guardo mio fratello senza parlare, faccio un tiro lunghissimo dalla sigaretta e lo vedo comporre un numero sul cellulare. Ho l'istinto di scappare ma non il coraggio. Alzo la testa al cielo e imploro mio padre di comparire anche agli occhi di mio fratello per indicargli la strada giusta, ma è sordo alle mie preghiere.

«Stai tranquillo, Ciru', non ti agitare. Vediamoci dove ho detto io e risolviamo tutto. Bravo, fatti trovare là. Cia', Ciru'.»

Ci aspetta dalle parti di Acerra, sull'asse mediano. Si ferma il respiro. Si blocca la pressione del sangue e il cuore smette di pompare in segno di protesta, come dargli torto.

Dalle parti di Acerra sull'asse mediano? È un posto dimenticato da Dio e dagli uomini. Che ci fa Ciruzzo Buttigliella sull'asse mediano dalle parti di Acerra? Perché mai dobbiamo ancora incrociare la nostra vita con la sua? Sto per arrivare alla conclusione che preferisco il carcere a tutto questo quando il suono di un clacson attira la mia attenzione. Un'auto si è fermata proprio davanti alle scale del pronto soccorso. Riconosco Gianni alla guida. Mio fratello si alza e mi ordina di seguirlo.

«Sono pronto», dice Gianni con un tono che andrebbe bene in un film di guerra in cui il personaggio sta per lanciarsi nella battaglia. Mio fratello mi fa segno di salire davanti, faccio il giro della macchina e mi siedo accanto a Gianni. La vicinanza dei sedili m'imbarazza. Vorrei chiedergli scusa ma so che non è il momento né il caso, sto zitto e faccio bene. Mio fratello si abbassa e posso vedere la sua faccia attraverso il finestrino.

«Vi sta aspettando sull'asse mediano, subito dopo l'uscita di Acerra. Lo riconoscerà Carmine.»

Gianni a stento gli fa finire la frase che alza la frizione e parte sgommando. Mio fratello è davvero un bastardo. Mi ha lasciato solo, si è tirato indietro. Pezzo di merda.

Per la seconda volta sono sulla macchina sbagliata al momento sbagliato, è fin troppo evidente.

Ciro Incoronato
Volla. Napoli
21 giugno 2013. Ore 23.35

Pallettone mi sta raccontando tutta la storia colla voce allucinata mentre accende e spegne una sigaretta dietro l'altra. Ci siamo nascosti in una campagna nei pressi di Volla. La situazione è veramente pericolosa, soprattutto per me. Micione aveva un progetto preciso quando ha convinto

Centogrammi a uccidere quella donna, e ci sono andato di mezzo io, che te lo dico a fare. Il progetto era farlo arrestare e toglierlo una volta e per sempre dalla piazza. Così lui, essendo una specie di braccio destro, avrebbe preso il suo posto coll'intento di distruggere l'impero che Centogrammi ha costruito in tutti questi anni di potere.

«È finito tutto, Buttiglie', tutto.»

«Palletto', una cosa però non l'ho capita, perché Micione ce l'aveva tanto co' Centogrammi?»

Pallettone mi guarda strano e poi sospira cacciando l'aria dal naso e scuote la testa.

«Tu non sai niente?»

«No, non so niente. Non ti scordare che fino a stamattina ero solo quello che andava a buttare i cani nella monnezza.»

Cazzo, non ho avuto nemmeno il tempo di godermi l'ingresso ufficiale nella famiglia. Co' tutto 'sto casino non ho raccontato a mio figlio il momento di gloria, ora va a finire che all'improvviso mi vede ammanettato e come glielo spiego tutto quello che è successo?

«Centogrammi faceva le cose sporche pure colla figlia di Micione.»

«Ma che stai dicendo?»

«Hai capito bene. Micione ha sempre fatto finta di niente, pure quando quella donna ha denunciato tutto. Si vede che stava preparando la vendetta. Poi qualcosa è andato storto, perché non si è più accontentato di mandarlo in galera ma è andato a casa sua, l'ha addormentato colle gocce nel caffè, l'ha legato a un palo sul terrazzo e quando s'è svegliato, gli ha fatto mangiare il cazzo dal pitbull.»

«Palletto', mi stai dicendo la verità?»

«Certo, che ti dico una stronzata su un fatto del genere?»

«E le guardie? Chi le ha chiamate?»

«Micione. Ha aspettato che Centogrammi morisse piano

piano, dissanguato. Poi ha chiamato la polizia e ha cantato tutto.»

Vorrei perdermi negli occhi di mio figlio. Non c'è, cazzo. Ho troppa paura che se vado in galera non lo vedo più. Pallettone sta più agitato di me e ogni tanto dà un cazzotto sul cruscotto.

«Accompagnami a San Giovanni.»

Metto in moto e parto. Guardo nello specchietto retrovisore e finalmente è tornato. Lo vedo seduto sul sedile posteriore. Ha la faccia seria e le mani sulle ginocchia. Non resisto e faccio un giro colla testa per guardarlo bene. Sono felice. Co' mio figlio vicino non mi fa paura niente. Arriviamo a San Giovanni e lascio Pallettone.

«Vatti a nascondere, Buttiglie', quelli ti stanno cercando.»

Faccio avanti e indietro su via Repubbliche Marinare alla ricerca di una soluzione. Mi squilla il cellulare. Guardo il display. È un segno di Dio, garantito.

«Ue', Sasà, è successo un bordello, mi devi aiutare tu a me adesso.»

TRIBUNALE DI NAPOLI
SEZIONE MONOCRATICA
Procedimento penale n.1308/81 - Udienza del 14/12/2014

Procedimento a carico di – Scognamiglio Carmine – Escussione del teste: Nocerino Rosario

Il teste dichiara la formula d'impegno.
Il Giudice invita il testimone a fornire le proprie generalità e questi risponde: «Nocerino Rosario, nato a Castellammare di Stabia il 12 novembre 1972».

GIUDICE – L'avvocato può procedere all'esame del teste.
AVV. CASTELLANETA – Dottore, lei ha avuto in cura il Sig. Incoronato Ciro subito dopo l'incidente, giusto?
DICH. – Sì, sono stato nominato d'ufficio alla riabilitazione socio-psicologica post traumatica di Incoronato Ciro.
AVV. CASTELLANETA – Ci può raccontare lo stato emotivo e psicologico del suo paziente?
DICH. – Il Sig. Incoronato presentava immediatamente dopo il trauma un disturbo chiamato DPTS.
AVV. CASTELLANETA – Può specificare in termini meno tecnici, grazie.
DICH. – Certo. Quando un soggetto è vittima di un forte trauma, come un lutto improvviso, nel caso dell'Incoronato, può sopraggiungere un disturbo post traumatico da stress. Una vera e propria sindrome che si accompagna a una serie di sintomi. Sicuramente la perdita improvvisa della moglie e del figlio di appena ot-

to anni è stata per l'Incoronato un evento altamente traumatico e in soggetti deboli può causare il chiudersi in un proprio mondo e cercare di far vivere ciò che non esiste attraverso allucinazioni di tipo solo auditive o anche visive, come nel caso dell'Incoronato.

AVV. CASTELLANETA – Lei, dottore, era a conoscenza dell'uso frequente di sostanze stupefacenti da parte del suo paziente?

DICH. – A giudicare dai dati in mio possesso, posso affermare che il paziente abbia cominciato a fare uso di sostanze stupefacenti, e in particolare crack, dopo l'evento traumatico.

AVV. CASTELLANETA – L'uso di questa sostanza favoriva il ripetersi delle allucinazioni?

DICH. – Una dipendenza da droghe di quel tipo non fa altro che aumentare le debolezze e la propensione a creare e restare in un proprio mondo allucinatorio. Il paziente in quel modo cercava di conservare quella figura a lui tanto cara, continuare a far vivere il figlio anche se morto.

AVV. CASTELLANETA – Dottore, lei sostiene che l'Incoronato fosse cosciente del fatto che il figlio fosse morto?

DICH. – Certamente. Il paziente ne è assolutamente consapevole. Il problema semmai è il tempo.

AVV. CASTELLANETA – Ci può spiegare meglio?

DICH. – Vede, il tempo prolungato delle allucinazioni, nel caso dell'Incoronato parliamo addirittura di un tempo stimato tra i 18 e i 20 mesi, non fa altro che peggiorare la situazione. Infatti, il DPTS, disturbo post traumatico da stress, può assumere una forma cronica e quindi diventare patologia quando non viene affrontato con le giuste cure, come nel caso del paziente in questione, che sistematicamente rifiutava di assumere farmaci o seguire cure specifiche.

AVV. CASTELLANETA – Dottore, qual è il tempo stimato per sostenere che il disturbo da lei evidenziato possa assumere una forma patologica?

DICH. – Dai tre ai sei mesi.

AVV. CASTELLANETA – Quindi lei sostiene che il Sig. Incoronato Ciro fosse patologicamente affetto da questo disturbo?
DICH. – Sì, sostengo che nel caso di Incoronato, il sintomo ha persistito acutizzandosi e strutturandosi in una vera patologia.
AVV. CASTELLANETA – Non ho altre domande, Giudice.
GIUDICE – Il Pubblico Ministero, prego.
PUBBLICO MINISTERO – Non ci sono domande, grazie.
GIUDICE – Grazie dottore, può accomodarsi.
DICH. – Grazie a lei. Buona giornata.

NON CI SONO ALTRE DOMANDE.
IL TESTE SI PUÒ ACCOMODARE.

Martina Marinelli
Ospedale Cardarelli. Napoli
21 giugno 2013. Ore 23.50

Il tempo si è fermato. Credo faccia parte degli effetti collaterali di quando succedono certe cose, ho l'impressione di essermi allontanata dalla vita terrena e di guardare tutto dall'alto senza poter far nulla per cambiare il corso delle cose. Sono immobile su questo letto e piango, ormai senza lacrime, sono finite. Il dolore è ancora tanto, però, non quello fisico, per quello ci sono gli antidolorifici in questa flebo.

Sono andati tutti via, mia madre ha insistito un po' per restare ma le hanno detto che potevo tranquillamente chiamare un infermiere in caso di emergenza. Rino è stato il primo a uscire dalla stanza e spero dalla mia vita, gli ho chiesto gentilmente di non tornare mai più, avrò usato un tono molto esplicito a giudicare dalla faccia dei miei e da quella di mia sorella, che per fortuna non mi ha chiesto niente.

Non riesco a dormire, ho un esercito di pensieri che affollano la mia mente, ma più di tutto c'è una domanda che mi tormenta: perché?

Vorrei tanto saperlo. Vorrei tanto capire cosa è passato nella testa di quei tizi che hanno deciso d'inseguirci e mandarci fuori strada. Che cosa abbiamo fatto di così tremendo per meritare tutto questo. Credo in Dio, nella sua esistenza in mezzo a noi, e allora decido di affidarmi a lui per avere una risposta. Perché? Perché tutto questo odio?

Piango e non so fare altro. Ho voglia di farlo, mi allontana dai pensieri che non mi fanno stare bene. Ma riuscirò più a stare bene? Quando tutto sarà finito, riuscirò a tornare alla mia vita normale? Vorrei chiederlo a Giulia, lei di sicuro mi darebbe una risposta. Mi ha sempre dato una risposta. Magari anche lei sta facendo delle domande sperando che qualcuno le dia una risposta. Io non le sento. E lei non sente le mie. Che cosa abbiamo fatto di male, Giulia, per meritare tutto questo? Continuo a macinare dentro di me questi terribili pensieri, sono un fiume in piena di rimorsi, ho la mente costantemente rivolta al passato senza la minima capacità di pensare al futuro. Mi perdo nei sensi di colpa, penso che eravamo lì, su quella maledetta strada, perché mi aveva accompagnato alla fabbrica di Rino, sono io che l'ho condotta in quest'inferno.

Guardo fuori dalla finestra e riesco a vedere uno spicchio di cielo, è senza stelle. C'era un passo che mi piaceva in un libro che ho letto poco tempo fa, ricordo di averlo inserito nelle note del mio telefonino. Allungo il braccio per raccogliere il cellulare dal comodino, entro nelle note e lo trovo.

La natura umana è così inesplicabile, ciò che divide il bene dal male è un filo talmente sottile, talmente invisibile. Non dissi nulla e pensai che, a volte, quel filo si spezza tra le tue mani mischiando il bene e il male in un mistero che ti smarrisce. In quel mistero non osi più giudicare un uomo.

Carmine Scognamiglio
Asse mediano. Nei pressi di Acerra
22 giugno 2013. Ore 24.10

Gianni ha gli occhi fissi sulla strada, le due mani sul volante e un'espressione che mi fa pensare al Vesuvio. Sembra innocuo ma ha tanta di quella lava accumulata in questi anni di letargo che se esplode distrugge tutto quello che c'è intorno.

Stranamente però non corre, s'è fatto la tangenziale a 80 all'ora rispettando rigorosamente il limite di velocità. Ha accelerato giusto un po' sul raccordo dell'autostrada ma poca roba, sembra che voglia ritardare l'incontro con Ciruzzo, e mica sarebbe una cattiva idea. Io lo eviterei proprio. Cosa può mai voler fare con Ciruzzo? Che cosa intendeva mio fratello quando ha parlato di vendetta? Per fortuna s'è convinto che io non ho colpa, e che tutto è successo per la follia di quell'uomo. Un pensiero mi gira in testa da un po' e mi regala una luce di speranza in questo buio pesto: forse se riesco a dimostrare che non c'entro nulla con tutto quello che è successo, ma sono stato soltanto uno spettatore forzato, non finisco in galera. Speriamo.

«Qua?»

La voce di Gianni esce dalla pancia di un drago. Infuocata. Allungo giusto un dito per indicare lo svincolo dell'asse mediano. Mi ha fatto paura sentire la sua voce dopo tutto questo silenzio, ha talmente tanta rabbia dentro che potrebbe prendersi a mazzate con un esercito di Ciruzzo Buttigliella. Mi sa che anche il mitico Biberon avrebbe delle difficoltà.

La strada è buia, a quest'ora l'asse mediano è terra di nessuno, una striscia di catrame in mezzo alla campagna. Nell'abitacolo si sente solo il rombo del motore e il vento che sfida l'aerodinamica. Lo squillo del mio cellulare mi fa saltare il cuore per aria, ho dimenticato di mettere la vibrazione. Sul display compare la foto di Veronica, rifiuto la chiamata e penso a come si sentirà quando le racconterò tutto, lei che sta già immaginando la nostra vacanza romantica sulle spiagge di Sharm el Sheikh, lei che sta aspettando il giorno del nostro matrimonio, lei che sta sognando di costruire una famiglia con me. Quanto dolore per una follia. Penso a mia madre, a quanto le farà male venirmi a trovare in carcere, che ci fa una signora per bene in mezzo a quella gente? Tutta colpa di un figlio coglione che non sa reagire alla vita ma solo farsi trascinare dalla corrente.

La segnaletica indica l'uscita della zona industriale di Acerra. Ci siamo quasi. Non lo dico. Decido di rispondere solo se Gianni mi fa qualche domanda. Lo vedo che si asciuga la fronte bagnata di sudore. Il telefono vibra, lo prendo tra le mani e mi fisso qualche secondo a guardare la foto di Veronica. Gliel'ho scattata al matrimonio della sorella, ha il vestito elegante e i capelli arricciati in un'acconciatura da modella. Quant'è bella. Le invio un SMS.

Ti amo. Non te lo dimenticare mai.

Vedo in lontananza una macchina ferma in una piazzola e la sagoma di un uomo piazzato in mezzo alla carreggiata. Gianni accende i fari lunghi, ci avviciniamo ancora un po' e riconosco la carrozzeria della Fiat Tipo grigia di Ciruzzo Buttigliella.

«È lui», mi esce d'istinto.

Accelera. Che strano, proprio ora che siamo arrivati? Fatto sta che ci avviciniamo all'area di sosta e non ci pensa proprio a decelerare. Ciruzzo se ne sta immobile in mezzo alla corsia d'emergenza come un mazzo di friarielli e si copre gli occhi dalla luce dei fari. Gianni va dritto verso il bersaglio come un proiettile sparato da un esperto tiratore e tenta d'investire Ciruzzo. Sì, non ci sono dubbi, voleva fare proprio questo. Per fortuna Buttigliella è agile nonostante il crack e con un salto riesce a scansarsi. Gianni frena di botto e non me l'aspettavo, povera testa mia, la sbatto contro il parabrezza. Che dolore. Il gesto di Gianni mi distoglie da qualsiasi altra cosa, compresa la mia testa dolorante: esce in fretta dalla macchina e tira fuori la pistola dalla fondina. Ciruzzo s'immobilizza e alza le mani.

«Stai calmo, frate', calmo. Ma chi cazzo sei?»

Gianni non risponde. Continua a tenere la pistola puntata sul corpo di Ciruzzo, che deve essersi accorto della divisa e l'ha scambiata per quella di un poliziotto.

«Io non c'entro niente, brigadie', io ho solo guidato. Ha sparato Micione. Ha fatto tutto lui.»

Ma di che cazzo parla?

«Brigadie', non fate troppo bordello, vi prego. In macchina ci sta mio figlio che dorme. Non mi vorrei far vedere mentre mi arrestate.»

Misura un paio di passi prudenti verso la macchina.

«Venite, brigadie', venite a vedere.»

Gianni non parla, punta la pistola e basta. Troppo poco per uno come Ciruzzo Buttigliella, pochissimo. Dopo tanti anni nella chiavica si diventa zoccola per forza. Difatti non si fa intimidire dalla pistola puntata e con uno scatto felino sgattaiola in macchina. Gianni gli urla di star fermo altrimenti spara, ma temo che non lo farà mai. Buttigliella intanto mette in moto e parte sgommando. Gianni corre in macchina, mette in moto e parte all'inseguimento di Ciruzzo.

Quand'è che finisce questa cazzo di giornata di merda? Intanto attacco le mani sul cruscotto e mi tengo forte.

Ciro Incoronato e Carmine Scognamiglio

Asse mediano. Altezza Castello di Cisterna. Pomigliano. Marigliano

22 giugno 2013. Ore a cavallo tra le 24.30 e le 2.30

«Mannaggia la Madonna!»

Guardo nello specchietto retrovisore ma il figlio di zoccola non si mette a ridere. Sta ancora dormendo. Meglio così. Che sfaccimma vuole 'sto figlio di troia da me? Accelero. Faccio i fari lunghi. La strada è tutta dritta. La macchina non ce la fa. Lo tengo azzeccato in culo. Non riesco a capire se Sasà m'ha tradito oppure è stata una coincidenza. Può essere pure che le guardie sono andate da lui perché lo sanno che siamo fratelli e l'hanno costretto a chiamarmi per farmi 'sta trappola. Non può essere che Sasà m'ha tradito. Accelero. Niente. Non riesco a togliermelo da dosso. A un certo punto sento una botta. Che sfaccimma sta facendo?

Gianni l'ha tamponato. Forte. Ha gli occhi pieni di sangue e lacrime, sembra Leonardo DiCaprio nel film *Romeo+Giulietta* quando insegue Tebaldo che ha appena ucciso Mercuzio. La macchina di Gianni è evidentemente più veloce di quella di Ciruzzo. A giudicare dall'andatura che aveva tenuto per arrivare al punto dell'appuntamento, non pensavo sapesse guidare così bene. Lo vuole superare, il muso della nostra macchina è a metà della sua.

Il figlio di zoccola si è svegliato colla botta. Gli ho urlato di restare sdraiato sul sediolino. Ha fatto sì colla testa ma non sto a pensiero tranquillo. La macchina col poliziotto mi sta superando. Mi giro verso sinistra e vedo il muso. Poi sento una botta. Sulla fiancata. Sbando. Stringo il volante per non perdere il controllo. Accelero. Non riesco ad allontanarmi. Lo vedo di nuovo che mi sta superando. Mi giro sempre verso sinistra e vedo ancora il muso. Ora mi dà un'altra botta, garantito.

«Che c'è, ti stai cacando sotto?» urla Gianni in direzione della macchina di Ciruzzo prima di dargli un'altra botta. Sento il rumore di vetro che s'infrange, si sarà rotto un faro. Mi tengo forte. La macchina di Ciruzzo ha una fiancata completamente ammaccata. Ci appaiamo ancora alla Fiat Tipo grigia senza superarla. Poi Gianni sterza leggermente verso destra e poco dopo sento il rumore delle lamiere che si toccano. Lo specchietto della macchina esplode come una mina al passaggio di un uomo, anche Gianni si spaventa per qualche secondo sterzando leggermente a sinistra, ma appena si accorge che era solo lo specchietto, torna a sterzare verso destra e si attacca alla fiancata di Ciruzzo, che si gira e mi vede ma non so se mi riconosce.

Ci sta il fratello di Sasà, mannaggia san Gennaro. Me l'hanno messo in culo. Non mi dovevo fidare. Mio padre lo diceva sempre: «Sopra a questa terra ti puoi fidare solo di te stesso». E invece mi sono fidato di Sasà. Che te lo dico a fare, pensavo che un fratello non l'avrebbe mai fatta una cosa del genere. 'Sta guardia di sfaccimma mi sta spingendo contro il guardrail. Mi viene un'idea. Freno co' tutta la forza che ho. Lui non se l'aspettava e continua ad andare dritto. Riesco finalmente a togliermelo da dosso. Adesso che cazzo faccio?

Mi tengo forte con le mani attaccate al cruscotto mentre Gianni frena la macchina. Lo spazio di frenata è lungo ma stavolta ero preparato e non ho sbattuto la testa. Gianni guarda nello specchietto retrovisore in attesa di una mossa del nemico. È il momento giusto per provarci.

«Gianni, lascia stare, non serve a niente.»

«Statte zitto ca t'accire pure a te.»

Perdo completamente la lingua, la sento che sprofonda in fondo allo stomaco. Non parlerò fino a quando non sarà strettamente necessario. Gianni decide di prendere l'iniziativa, mette la retromarcia e va indietro veloce, poi tira il freno a mano. Per fortuna ho le mani sempre incollate al cruscotto quando la macchina fa un mezzo giro su se stessa. Ci ritroviamo nella direzione opposta di marcia con il muso di fronte alla Fiat Tipo grigia di Ciruzzo.

Vuoi la guerra? E guerra sia.

Metto la retromarcia e parto pure io, dopo qualche metro tiro il freno a mano. La macchina si gira su se stessa, ingrano la prima e accelero. Quello mi segue. È più veloce. Mi ha cacato il cazzo. Ora gli faccio vedere io. Non ha capito con chi ha a che fare. Prendo il ferro dai pantaloni. M'assicuro che Luigino sta sdraiato sul sedile.

«Non ti muovere per nessuna ragione al mondo, a papà. Hai capito?»

Rallento. La macchina colla guardia mi viene più vicino. Purtroppo invece di accostarsi si azzecca in culo, e che cazzo. Allora mi viene un'altra idea. Faccio un mezzo giro all'indietro col braccio destro e punto la pistola mettendola in mezzo ai due sedili anteriori. Da qua ce la faccio a dargli una botta in fronte, garantito. Si spaccherà il vetro del lunotto ma chi cazzo se ne fotte. Rallento ancora un po'. Piglio bene bene la mira. Ora ti faccio un buco in fronte pezzo di merda. Sto premendo il grilletto quando vedo il figlio di zoccola che si alza e si mette colla faccia davanti alla pistola.

Gianni ha frenato di botto quando abbiamo sentito il colpo. Il lunotto posteriore della macchina di Ciruzzo si è frantumato in mille pezzi ma per fortuna ha preso malissimo la mira e non ha nemmeno sfiorato la nostra macchina. Un po' come quegli attaccanti che sbagliano un gol sulla linea di porta sparando la palla sopra la traversa.

La Fiat Tipo grigia di Ciruzzo Buttigliella ha percorso ancora un paio di metri prima di fermarsi. Restiamo in silenzio per qualche interminabile secondo, poi partono disperate le urla di Ciruzzo. Gianni e io ci guardiamo per la prima volta da quando siamo partiti ma non ci diciamo nulla, restiamo così, immobili, per un tempo indefinito, con le orecchie piene delle grida disperate e incomprensibili di Ciruzzo. Poi uno strano silenzio. Assordante. Fino a quando lo vedo uscire dalla sua Fiat Tipo grigia e allontanarsi ciondolante dalla macchina, si dispera e si colpisce ripetutamente la faccia con il calcio della pistola. Mi accorgo che non sto più respirando. Ciruzzo è in piena crisi ed è capace di tutto, il fatto che sia armato, poi, mi fa temere il peggio. La reazione di Gianni è simile alla mia, guarda fisso ogni movimento di Ciruzzo e stringe tra le mani la sua pistola. Un urlo disumano mi fa voltare verso la strada, lo vedo che cammina verso di noi, si colpisce ancora il volto con il calcio della pistola e urla, poi si avvicina dalla mia parte. Ho il cuore impazzito, non sono sicuro regga questo ritmo forsennato di battiti al secondo, mi tremano le gambe e non ho più saliva in bocca. Gianni si è paralizzato sul sedile e non si muove. Ha perso ogni forma di coraggio, quello che non ha avuto nemmeno quando è sceso dalla macchina e gli ha puntato contro la pistola, se ne avesse avuto almeno un po' non gli avrebbe permesso di risalire e partire. Non dico l'avrebbe dovuto ammazzare, bastava anche un semplice colpo nelle gambe, qualcosa che mettesse fine a quest'incubo.

Ciruzzo è una maschera di sangue. Si accascia appoggiando la faccia e le mani sul mio finestrino che si striscia immediatamente di rosso.

«L'ho ucciso io, Carminie', l'ho ucciso io» mi dice tra le lacrime cercando una specie di conforto. Non riesco a reagire, la paura ha tolto qualsiasi forma di vita da ogni muscolo e il cervello ha smesso d'inviare impulsi. Ciruzzo si dispera attaccato al mio finestrino e fa impressione vedere tutto quel sangue zampillare dalle ferite che si è procurato da solo, poi improvvisamente si infila la pistola in bocca e mi guarda dritto negli occhi. Non so bene cosa mi prende, una specie di empatia che mi fa allungare le mani al finestrino e implorare.

«No, Ciro, ti prego, non fare stronzate.»

«Li ho uccisi io. Li ho uccisi io.»

Le parole escono storpiate dalla canna della pistola infilata in bocca.

«Chi hai ucciso? Chi?»

«Mia moglie e mio figlio.»

Sto per premere il grilletto e farla finita per sempre quando sento la voce di mio figlio. Sta in piedi vicino alla mia macchina e mi fa segno colla mano di andare da lui. Sfilo la pistola da bocca e lo raggiungo. M'aspetta a braccia aperte. È tutta la mia vita 'sto figlio di zoccola. Mi fa segno colla testa di guardare nella macchina. M'affaccio nell'abitacolo e vedo mia moglie che sta seduta sul sedile del passeggero. Sorride. Mi lancia un bacio colla mano. È bellissima, che te lo dico a fare.

«Papà, sali in macchina che ce ne andiamo tutti e tre.»

Salgo e chiudo lo sportello. Sono troppo felice. Me la dovete trovare un'altra famiglia bella come la mia. Non esiste, garantito.

«Forza, papà, spara, è 'na strunzata. Una botta in testa ed è finito tutto. La botta te la devi sparare in testa però, sennò non muori e ti devi sparare un'altra volta. Hai capito?»

Mia moglie c'ha un vestito bianco che non le avevo mai visto prima. Quant'è bella. Sembra il vestito di quando ci siamo sposati.

«Spara, amore mio, spara. Non ce la faccio più a stare senza di te.»

Accendo lo stereo e metto il CD colla nostra canzone preferita. Appena parte la musica m'infilo la pistola in bocca e sparo. Finalmente.

Gianni è rimasto pietrificato tutto il tempo, l'ho sentito sospirare soltanto quando c'è stato il colpo e abbiamo visto gli schizzi di sangue sui finestrini, sembrava la scena di un film. Molto spesso faccio fatica a credere a quello che vedo nei film, mi sembrano esagerati nella riproduzione della vita reale, ma stavolta la verità ha superato ogni possibile immaginazione e ho capito perché il cinema è finzione. Scendo dall'auto mentre Gianni lentamente riprende vita, poggia la pistola sul cruscotto con un gesto di sconforto. Credo fosse unicamente accecato dalla rabbia per quello che è successo alla sua fidanzata, razionalmente non sarebbe mai voluto arrivare a tutto questo. È una brava persona, come il padre del resto, e le brave persone non possono arrivare a superare certi limiti, e se succede, com'è successo a me o a Migliaccio, è perché la vita ha deciso di metterci alla prova. Avrei preferito non l'avesse fatto, chiamatemi vigliacco ma stavo bene con me stesso, non sentivo il bisogno di risolvere nessun conflitto con il coraggio che non ho mai avuto. Ognuno sceglie inconsapevolmente come vivere la propria vita, io avevo scelto di farlo così e mi stava bene.

Ciruzzo ha mezza faccia sfigurata, fa impressione. Non avevo mai visto un morto ammazzato. Sento un conato salirmi in gola dalla bocca dello stomaco, mi allontano veloce dalla macchina, mi appoggio al guardrail e vomito. Con una mano mi tengo la fronte mentre butto fuori l'anima e spero anche il ricordo di questa giornata orribile. Gianni accende il motore, mette la prima e si avvicina.

«Andiamocene.»

Lancio un ultimo fugace sguardo alla Fiat Tipo grigia, forse tra i denti esclamo un «riposa in pace», ma non ne sono sicuro. Gianni inverte la rotta della macchina nel senso giusto di marcia e parte veloce. Ciruzzo e la sua Fiat Tipo grigia si allontanano sempre di più fino a diventare un puntino lontano. Invisibile. Inesistente.

TRIBUNALE DI NAPOLI
SEZIONE PENALE

SENTENZA
(Art. 544 e segg. c.p.p.)

REPUBBLICA ITALIANA
in nome del popolo italiano

Il Giudice Monocratico

D.ssa **Barbara Bonaventura** alla pubblica udienza del 14/12/2014 ha pronunciato mediante la lettura del dispositivo la seguente:

SENTENZA
nei confronti di: **Scognamiglio Carmine**, nato a Napoli il 7/09/1983

IMPUTATO
A) In ordine al p. e p. dall'art. 590 c.p. perché l'autovettura, di cui si presume potesse esserne alla guida, ha effettuato volontariamente alcune manovre atte a creare pericolo a un'altra vettura che transitava sulla strada e venendo in collisione con la stessa causava la perdita del controllo e la conseguente uscita di strada.

B) In ordine al reato p. e p. dell'articolo 189 comma 7 D. Ivo 285/92 C.d.S. perché, dopo aver dato causa al sinistro stradale in conseguenza del quale Cafiero Giulia riportava lesioni mortali e Marinelli Martina riportava lesioni agli arti inferiori, non ottemperava all'obbligo di prestare la dovuta assistenza alle persone ferite.

CONCLUSIONI:

P.M.: chiede la pena di anni 10 di reclusione.

La Difesa: chiede n.d.p. perché impossibilitato a compiere gli atti a lui imputati in quanto minacciato di morte da terzi, l'assoluzione ai sensi del 530 II Co.

P.Q.M.

Letti gli artt. 529, 530, 539 c.p.p. dichiara Scognamiglio Carmine non colpevole del reato al medesimo ascritto al capo A).

Letti gli articoli 533, 535 c.p.p. dichiara Scognamiglio Carmine colpevole del reato ascritto al capo B) e concesse le attenuanti generiche, lo condanna alla pena di anni 1 di reclusione, oltre al pagamento delle spese processuali.

Fissa in trenta giorni il termine per il deposito dei motivi.

Napoli, 14.12.2014

Il Giudice
Barbara Bonaventura

Martina Marinelli
Ospedale Cardarelli. Napoli
22 giugno 2013. Ore 6.40

Mi sveglio di soprassalto tutta sudata. Faccio fatica a capire dove sono, le luci accese sulla mia testa e l'ago conficcato nel braccio mi riportano alla triste realtà. La signora raccoglie da terra il vassoio con la colazione che l'è appena cascato, ecco cosa mi ha svegliato.

In cielo il buio della notte sta lasciando spazio alle prime luci di una nuova alba. C'è qualcosa che si fa largo dentro di me e mi fa sentire sollevata, più leggera. Come quando sei in attesa di una brutta notizia e invece te ne arriva una bella. Non capisco proprio da dove possa arrivare questa sensazione in un momento così disperato. Un infermiere entra nella stanza e mi dà il buongiorno. È l'ora di misurare la febbre, che non capisco perché si debba fare all'alba. Mi passa il termometro e alla mia piccola vicina lo lascia sul comodino, ci penserà la nonna. Lo infilo sotto l'ascella e continuo a provare questa inspiegabile sensazione di leggerezza che mi fa sentire fuori luogo.

Non ho la febbre. L'infermiere ha detto che è un buon segno, sarà un uomo che si accontenta di poco. Per colazione mangio una fetta biscottata mentre sento dalla finestra che il mondo prende vita. Il solito infermiere rientra in stanza e si avvicina al mio letto con un bel sorriso sulle labbra, tira fuori dalla tasca del camice un libro e me lo porge.

«Immagino che ti annoierai a stare tutto il giorno senza fare niente.»

Gli sorrido e lo prendo volentieri.

«È un libro di Kahlil Gibran. Ti piacerà, ne sono certo.»

Mi perdo qualche istante nei suoi occhi scuri e non mi sembra il caso. Lo seguo mentre si allontana e incrocio lo sguardo della supernonna che mi sorride maliziosa. La vita continua a scorrere in questa stanza malgrado qualcosa nelle nostre esistenze si è spezzato per sempre. Ci sono fili che continueranno a muoversi, nonostante tutto, e credo sia inutile opporre resistenza, è una guerra persa in partenza.

Apro il libro nel mezzo e inciampo nella prima frase che leggo.

Nessuno può arrivare all'alba senza passare per la via della notte.

Una voce pronuncia il mio nome, mi volto e vedo la faccia stravolta di Gianni, il fidanzato di Giulia. Dietro di lui ci sono mia madre, mio padre e mia sorella. Hanno un sorriso amaro dipinto sul volto, il segno di un'utopia cui attaccarsi per sopravvivere, per cercare un senso a questa situazione, anche se un senso questa situazione non ce l'ha, quanto ha ragione Vasco.

Gianni viene ad abbracciarmi e in quella stretta capisco che ha trovato il suo pezzo di legno per sopravvivere al naufragio, preferisce galleggiare anziché affogare, è comprensibile.

«Il bastardo che ha fatto tutto questo è morto», mi sussurra piano in un orecchio e poi piange senza staccarsi da me per coprire la sua disperazione agli occhi dei presenti. Guardo mia madre, mia sorella e mio padre, fanno cenni con la testa senza saper bene cosa dire, lo sanno che la morte di quel mostro non basterà a cancellare tutto il resto. Gli sorrido e faccio un gesto per farli avvicinare. Mia sorella è la prima a partire e si unisce all'abbraccio, mia madre da buon iceberg ci mette qualche secondo a sciogliersi mentre mio padre si avvicina piano e allunga solo una mano per stringere la mia, forte. Mi basta. Sono tutto quello che mi resta, per fortuna non c'è più Rino, non c'entra niente con quest'abbraccio.

Per caso incrocio lo sguardo della mia piccola vicina, mi sorride con tutta la sua ingenuità devastata dalla cattiveria umana che non ha limite. Spero che anche lei riesca ad avere almeno un po' di giustizia, che di sicuro non fa tornare indietro nessuno, ma aiuta a far andare avanti chi resta.

Carmine Scognamiglio
Via Atripalda. San Giovanni a Teduccio
22 giugno 2013. Ore 7.30

Come all'andata, Gianni e io non ci siamo rivolti la parola. Ogni tanto batteva il palmo delle mani sul volante e imprecava. Sono stato sul punto di dirgli che mi dispiace molto per la sua fidanzata ma ho preferito stare zitto. Mi sono fatto lasciare qui e l'ho visto andare via. Sono deciso a fare questa cosa ma non ho ancora trovato il coraggio per farla. Ho paura. Sono seduto sul bordo di questo marciapiede da almeno quattro ore. Ho appena telefonato a mio fratello, di solito si sveglia a quest'ora, gli ho detto che sto per farlo, lui mi ha gridato al telefono di non fare cazzate, di non muovermi da lì perché sta venendo a prendermi. Ecco, devo trovare il coraggio prima che arrivi lui. Mi alzo e ho la sensazione della febbre, mi capita sempre quando passo la notte in bianco. Attraverso la strada. Ci sono. Do un ultimo sguardo a destra e a sinistra. Salgo il primo gradino. Sento la voce di mio fratello da lontano, mi volto e lo vedo sulla mia vespa urlare qualcosa. Salgo ancora un gradino. Si sta sbracciando nella mia direzione. Salgo il terzo gradino. Ho negli occhi l'immagine della faccia sfigurata di Ciruzzo. Sento la voce di mio fratello più vicina. Difficilmente riuscirò a togliermi dalla testa quell'immagine. Salgo il quarto gradino. Ho negli occhi la faccia della fidanzata di Gianni con la testa piegata sul sediolino, sembrava che dormisse. Sento mio fratello che bussa il clacson della vespa. Ognuno ha la faccia che si merita quando muore. Mi sta urlando di non farlo. Salgo il quinto gradino. Mi volto. Mio fratello è fermo in fondo alle scale.

«Trattami bene la vespa», gli dico con tutta la sincerità del mondo.

Lo vedo che scende e cerca di mettere in fretta il cavalletto.

Lo faccio. Entro.

Un uomo si avvicina e mi chiede cosa devo fare.

«Devo fare una denuncia.»

L'uomo mi fa segno di seguirlo. Entriamo in un ufficio, c'è un suo collega seduto alla scrivania. Mi fanno sedere e mi chiedono un documento, poi mi dicono di parlare. Comincio a raccontare tutto e mentre lo faccio vedo la faccia di mio padre nei riflessi della finestra. Mi viene da piangere, non riesco ad andare avanti, allora mi portano un bicchiere d'acqua e mi dicono di stare calmo. Ci provo, ricomincio il racconto ma la voce si distorce quando parlo del momento in cui abbiamo mandato fuori strada le due ragazze. Il poliziotto ha smesso di armeggiare con i fogli che aveva sulla scrivania e mi ha puntato gli occhi addosso, senza far trapelare nessuna emozione scaturita dal mio racconto. Io prendo una pausa, che si riempie di pianto, mi cola il naso ma sento un peso che si toglie dallo stomaco. Penso a mia madre. Penso a Veronica. A tutto l'amore che mi hanno dato. A quanto resteranno deluse da me. Mi dispiace, tanto. Tantissimo. Penso a quello che mi aspetta. Il carcere. Una delle mie più grandi paure. Da quand'ero bambino. Non credo di evitarlo smettendo di parlare adesso, infatti mi asciugo il naso e continuo con la voce rotta dall'emozione.

Sento le urla di mio fratello che cerca di convincere un poliziotto a farlo entrare nella stanza. Qualcuno chiude la porta. Le urla di mio fratello si ovattano. Guardo la finestra e la faccia di mio padre è ancora lì, mi sorride soddisfatto, sto facendo la cosa giusta. Mi giro e incrocio lo sguardo del poliziotto, cerco un po' di compassione nei suoi occhi ma faccio fatica a trovarla. Mi asciugo una lacrima, ho un nodo in gola ma devo parlare, fino in fondo. Sono una persona per bene. Alzo gli occhi alla finestra, guardo mio padre felice e parlo.

«Credo che una delle due ragazze sia morta.»

Ringraziamenti

Non avrei mai finito di scrivere questo romanzo e non sarei qui a scrivere questi ringraziamenti se non avessi incontrato Arianna Letizia. Mi ha preso per mano e mi ha accompagnato in questo viaggio a livelli che Virgilio s'è nascosto per la vergogna. Grazie, dal profondo del cuore.

E grazie a Valentina Aponte che me l'ha fatta conoscere e mi ha detto: «Fidati di Arianna».

Ho fatto la lista delle persone da ringraziare e mi sono accorto che è bella lunga. Che piacevole sensazione scoprire che tanta gente ha speso un po' del proprio tempo per me. E allora grazie a:

Carla Pugliese La Corte che ha reso più belle le cose che ho scritto con il suo talento e con una disponibilità commovente.

A Rosario Di Nocera per la sua consulenza in materia di analisi e terapia psicologica. All'avvocato Carmine De Stefano per le dritte sul processo. A Tonia Limatola e al suo blog che cerca di aprire occhi e coscienze.

Un grazie speciale e un coro da stadio a Giovanni Francesio che ci ha creduto ed è il motivo per cui sono qui a scrivere.

A Marco D'Amore e Salvatore Esposito che tra un set e l'altro hanno avuto il tempo di leggere il romanzo e di supportarlo. Preziosi.

Al «maestro» Angelo Petrella che mi ha aperto gli occhi e mi ha dato consigli indispensabili. A Maurizio De Giovanni che è persona rara e alla sua splendida mail dopo aver letto il libro che mi ha fatto gioire più dei 104 gol di Cavani. A Roberto Saviano e alle sue parole fondamentali.

A Nicolai Lilin che dopo aver letto il romanzo mi disse: «Sei come Alessandro Manzoni». Non gli ho mai chiesto il perché.

A Rosaria Rizzo che mi ha fatto sentire davvero importante.

Un grazie di cuore a Ivan Castiglione, lui sa perché.

E un grazie a Mario Gelardi che in tempi non sospetti mi ha spinto alla scrittura, mi ha incoraggiato e mi ha dato fiducia.

In questa lista non possono mancare i miei fratelli Adriano Pantaleo, Francesco Di Leva, Giuseppe Gaudino e Andrea Vellotti, con i quali condivido la mia vita artistica e che sono presenti tra le righe di questo romanzo. Viva il Nest!

Un grazie infinito alla mia famiglia che mi sostiene e mi toglie ancora parecchie castagne dal fuoco. E un grazie a Isabel, perché è nata e mi regala vita in ogni suo sguardo. Per ultimo, come le uscite dei grandi attori, un grazie smisurato a Ramona che rende migliore la mia vita.

Finito di stampare presso ELCOGRAF S.p.A.
Stabilimento di Cles (TN)
Printed in Italy